로크미디어가
유혹하는
재미있는 세상

ROK
MEDIA
로크미디어

Taming Master

테이밍 마스터

테이밍 마스터 7

2016년 9월 7일 초판 1쇄 인쇄
2016년 9월 12일 초판 1쇄 발행

지은이 박태석
발행인 이종주

기획 팀 이기헌 송윤성
책임 편집 최이슬

발행처 (주)로크미디어
출판등록 2003년 3월 24일
주소 서울시 마포구 성암로 330 DMC첨단산업센터 3층 314호
Tel (02)3273-5135 Fax (02)3273-5134
홈페이지 rokmedia.com E-mail rokmedia@empas.com

© 박태석, 2016

값 8,000원

ISBN 979-11-5999-837-9 (7권)
ISBN 979-11-5960-986-2 04810 (세트)

7

Taming Master

| 박태석 게임 판타지 장편소설 |

테이밍마스터

ROK
MEDIA
로크미디어

CONTENTS

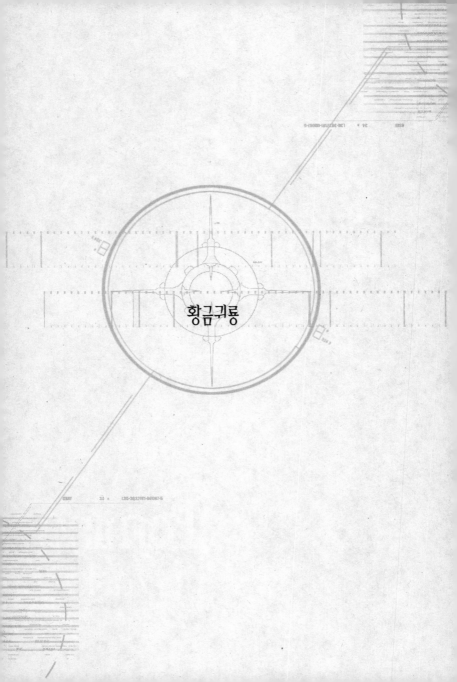

황금귀룡

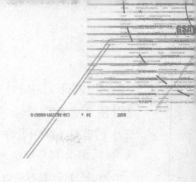

쾅─ 콰쾅─!

커다랗게 울려 퍼지는 폭음과 넓은 사막지대를 뒤덮는 새 하얀 섬광.

─루스펠 제국 기사단장 '헬라임'이 '파괴의 섬광' 스킬을 사용합니다.

─치명적인 피해를 입었습니다!

─생명력이 28,733만큼 감소합니다!

─일시적으로 방어력이 40퍼센트만큼 감소합니다.

호기롭게 루스펠 제국의 기사단을 향해 돌격했던 다크루나 길드원들은, 그야말로 풍비박산 나기 시작했다.

"솔린 님, 아무래도 실수한 것 같습니다!"

솔린의 표정이 구겨졌다.

"젠장, 제국 기사단이 뭐 이리 강해?"

물론 일반적인 제국 기사단의 수준이었다면, 다크루나 길드가 이렇게까지 처참하게 학살당하지는 않았을 것이었다.

아니, 거의 대등했을 것이다.

하지만 그들이 건드린 것이 일반 제국 기사들이 아닌, 황제 직속의 황실 근위 기사단이었던 게 문제였다.

평균 레벨이 170인 데다가, 정확한 레벨은 알 수 없어도 200레벨이 훨씬 넘을 것이 분명한 헬라임은 다크루나 길드 유저들에게 있어서 그야말로 재앙이었다.

"그냥 돌아가기 아쉬웠는데 카이몬의 애송이들을 만나다니, 마침 잘되었군!"

헬라임은 물 만난 고기처럼 전장을 누비며 대검을 휘둘러 댔다.

후웅- 후웅-!

그냥 듣기만 해도 무시무시함이 느껴지는 파공음이었다.

거의 성인 남성의 키만 한 무지막지한 쇳덩이에 가격당하는 순간, 140레벨도 채 되지 않는 다크루나 길드원들은 그대로 시커멓게 변해 사라졌다.

쾅-!

검에 맞아서 나는 소리라고 하기엔 무척이나 과격하고 둔탁했으며, 피격당한 길드원은 멀찍이 날아가 회색빛으로 변했다.

털썩-.

눈앞에서 길드원 대여섯이 한 순간에 사망하는 것을 보며, 솔린은 이라한에게서 받은 검을 만지작거렸다.

'소환 마법을 지금 써 봤자 아무 소용없겠지?'

그 어떤 상위 레벨의 소환 마법이 걸려 있다 한들, 나무통만 한 대검을 들고 설치는 저 괴물 같은 기사를 상대하기는 역부족일 것 같았다.

솔린이 입을 열었다.

"레오, 어쩔 수 없을 것 같다."

"뭐가 말입니까?"

"어차피 지금 도망간다 해도 전멸이야."

레오라고 불린 길드원이 고개를 끄덕였다.

"그건 그렇습니다."

솔린이 검을 뽑아들며 말을 이었다.

"기왕 이렇게 된 거, 몇 놈이라도 죽이고 깔끔하게 전사한다."

그녀의 말에 레오가 한숨을 푹 내쉬었다.

"하아, 레벨 하나 복구하려면 며칠은 기본으로 걸릴 텐데······. 하지만 어쩔 수 없죠."

타탓- 탓-!

솔린은 빠르게 앞으로 나아가 루스펠의 기사들을 상대하기 시작했고, 레오도 그녀를 따라 전장에 뛰어들었다.

하지만 그들이 상대하기에 헬라임의 기사단은 너무 강력했다.

그렇게 10분 뒤.

사막에 남아 있는 다크루나 길드 유저는 아무도 없었고, 전투는 싱겁게 끝나 버렸다.

"제법 악바리 근성이 있는 녀석들이었군. 죽음을 두려워하지 않는 것을 보니."

헬라임은 중얼거리며 대검을 들쳐 메었다.

저벅- 저벅-.

수십 명의 다크루나 길드는 그렇게 단 한 명의 기사단원도 죽이지 못한 채 전멸하고 말았다.

하지만 이것은 당연한 결과였다.

개개인의 전투력 차이도 월등한 데다 숫자마저 기사단이 두 배 가까이 많았으니 어떻게 보면 10분이라도 버틴 것이 용할 지경이었다.

크르르르르.

던전 전체가 흔들린다는 착각이 들 정도로 커다란 으르렁거림이었다.

이안 일행의 눈앞에 나타난 것은, 말 그대로 커다란 누런 빛깔의 도마뱀이었다.

거신족 황제 홀드림과 비교해도 크게 꿀리지 않을 수준의 어마어마한 위용에 헤르스가 침을 꿀꺽 삼키며 입을 열었다.

"저, 저거 뭐냐, 진성아? 쟤가 아까 빡빡이가 말했던 황금귀룡인가 하는 용가리인 것 같은데?"

진성은 고개를 끄덕이며, 눈앞에 나타난 도마뱀의 입으로 시선을 옮겼다.

거대 도마뱀의 입에는 여의주가 물려 있었다.

캬아오오오!

석벽을 뚫고 나타난 누런 도마뱀이 크게 포효했고, 일행은 움찔거리며 뒤로 한발 물러났다.

그런데 그때, 카이자르가 입을 열었다.

"저건 황금귀룡이 아니다."

이안의 고개가 자연히 그를 향해 돌아갔다.

"음? 황금귀룡이 아니라고? 가신님이 아는 몬스터야?"

카이자르가 고개를 끄덕였다.

"내가 알던 것보다 훨씬 크기가 거대하기는 하지만, 내 기억이 맞다면 놈은 샌드 드레이크. 200레벨 정도 되는 중부 대륙의 몬스터다."

하지만 느껴지는 위용은 엄청났기 때문에, 이안은 고개를 갸웃했다.

"200레벨대 몬스터인 테라노돈보다 훨씬 강해 보이는데?"

카이자르가 다시 입을 열었다.

"그건 아마도…… 놈의 입에 물려 있는 여의주 때문인 것 같군."

"여의주?"

"그래. 저 여의주의 기운을 흡수해서 놈은 드래곤이 되고 싶었던 것 같다. 덩치를 보니 벌써 제법 많은 힘을 흡수한 것 같군."

카이자르가 검을 뽑아들고 앞으로 걸어 나갔다.

그러자 이안이 당황한 표정이 되었다.

"가신님, 너무 무모하잖아! 그렇게 갑자기 들어가면……!"

그에 뒤쪽에 뚱한 표정으로 서 있던 훈이가 중얼거렸다.

"걱정할 인물이 없어서 저 괴물을 걱정해?"

옆에 서 있던 발람이 고개를 주억거리며 동의했다.

—임모탈 님이 현신하시지 않는 한 저놈을 죽이는 건 불가능할 것 같다. 훈이.

"쳇!"

어찌 됐든 카이자르가 앞으로 나서자 도마뱀이 더욱 공격적인 자세를 취했고, 이안을 비롯한 나머지 일행들도 전투 준비를 할 수 밖에 없었다.

그리고 일행이 점점 다가오는 것을 발견한 드레이크가 입을 커다랗게 벌렸다.

후우우웅-!

그것을 발견한 피올란이 소리쳤다.

"브레스다! 피해요!"

드레이크의 입 안쪽으로 사막 모래가 크게 소용돌이치며 빨려 들어가기 시작했다.

이안은 재빨리 뿍뿍이에게 명령했다.

"뿍뿍아, 물의 장막!"

뿌뿍-!

이안이 손을 뻗으며 소리치자, 뿍뿍이의 입에서 물줄기가 쏟아져 나왔다.

콰아아아-!

물줄기는 드레이크의 바로 앞으로 날아가 커다란 장막을 형성했다.

그리고 드레이크의 브레스가 뿜어져 나왔다.

화아아악-!

하지만 드레이크의 샌드 브레스는, 뿍뿍이가 펼친 물의 장막에 의해 완벽히 차단되어 그 자리에서 허공으로 흩어져 버렸다. 빡빡이게게 받은 부적 아이템 '귀혼'은 어느새 뿍뿍이가 착용하고 있었고, 그렇기에 고유 능력 사용이 가능했던 것이다.

"오오……!"

헤르스가 엄지를 치켜들며 감탄사를 터뜨렸다.

카이자르도 씨익 웃으며 검을 뽑아들었다.

"잘했다, 영주 놈아. 제법 쓸 만했어."

이안이 인상을 찡그리며 대꾸했다.

"쓸 만했다니. 완벽했지!"

뻑— 뿌뿍—!

카이자르는 피식 웃은 뒤 발을 굴러 힘차게 앞으로 도약했다.

그리고 그것을 시발점으로 샌드 드레이크와의 전투가 시작되었다.

"유현아, 먼저 앞으로!"

"알겠어!"

헤르스는 앞으로 튀어나가며 자신이 가지고 있는 가장 최상위의 방어 스킬을 전개했다.

―'헤르스' 유저가 '신의 가호' 스킬을 사용합니다.

―'헤르스' 유저의 방어력과 생명력이 일시적으로 세 배 증가합니다.

―'신의 가호'의 지속시간 동안, '헤르스' 유저 주변 파티원들의 생명력과 방어력이 20퍼센트만큼 증가합니다.

이안의 지휘가 계속되었다.

"힐러 분들, 헤르스에게 힐 몰빵해 주시고, 피올란 님, 마법 캐스팅 시작해 주세요!"

"오케이!"

어느새 드레이크의 지척까지 다다른 헤르스가 도발 스킬을 이어서 전개했다.

-'헤르스' 유저가 '기사의 분노' 스킬을 사용합니다.

-'헤르스' 유저의 방어력이 1,200만큼 증가합니다.

-반경 50미터 이내의 모든 몬스터들이 '헤르스'유저를 공격하기 시작합니다.

그에 따라 카이자르와 대적 중이던 드레이크의 시선이 헤르스를 향해 움직였다.

쾅- 콰쾅-!

드레이크의 입에서 쏘아진 유형화된 모래바람이 헤르스의 방패를 강타했다.

-샌드 드레이크가 고유 능력 '샌드 스피어'를 사용합니다.

-'헤르스'유저의 생명력이 12,650만큼 감소합니다.

지금 떠오르는 메시지는 파티장인 이안에게만 보이는 시스템 메시지였다.

이안은 메시지에 보이는 대미지 수치를 보며 혀를 내둘렀다.

'와…… 방어력 버프를 저렇게 쳐발랐는 데도 1만이 넘게 대미지가 들어오네.'

뿍뿍이의 물의 장막을 이용해 브레스를 막는 것으로 시작해서, 물 흐르듯 효율적으로 전투가 진행되었지만, 전투가 그리 쉽게 끝나지는 않았다.

드레이크는 공격력도 강력하긴 했지만, 보스형 몬스터로 등장해서 그런지 생명력이 말도 못할 정도로 엄청났다.

-가신 '카이자르'가 '샌드 드레이크'에게 치명적인 피해를 입혔습니다!

-'샌드 드레이크'의 생명력이 27,767만큼 감소합니다.

-'샌드 드레이크'의 생명력이 15,755만큼 감소합니다.

계속해서 마법을 퍼붓던 피올란도 혀를 내둘렀다.

"와, 이거 맷집이 뭐 이렇게 세요? 좀 있으면 마나 고갈인데…….."

헤르스도 동조했다.

"곧 있으면 저도 버프 효과 끝나요! 힐이 계속 들어오고는 있지만, 방어 버프 사라지면 저 몇 방 맞으면 끔살당할 것 같은데…….."

이안은 라이와 함께 드레이크의 측면을 공격하면서 속으로 중얼거렸다.

'기사단이 있었으면 이미 잡았을 텐데.'

하지만 이미 전방의 카이몬 제국 군대를 상대하기 위해 떠난 헬라임을 아쉬워할 시간에 한 방의 공격이라도 더 성공시키는 것이 중요했기에, 이안은 쉴 새 없이 손을 놀렸다.

펑- 퍼펑-!

전투는 계속해서 아슬아슬하게 이어졌다.

헤르스의 생명력은 계속해서 20~30퍼센트 수준을 왔다

갔다했고, 힐러들의 생명력 회복 스킬 중 하나라도 캔슬이 되면 완전히 붕괴되어 버릴 수 있는 전투 사이클이 계속해서 이어진 것이다.

하지만 파티원들은 누구 하나도 집중력을 잃지 않고 열심히 버텼다.

"거의 다 됐어!"

누군가의 외침처럼, 샌드 드레이크의 생명력 게이지 바는 점점 빠르게 점멸하기 시작했고, 이안은 공격 페이스를 더욱 쥐어 짜 올렸다.

-'샌드 드레이크'의 생명력이 9,824만큼 감소합니다.

-'샌드 드레이크'의 생명력이 915만큼 감소합니다.

-'샌드 드레이크'의 생명력이 4,975만큼 감소합니다.

계속해서 퍼부어지는 공격에 드레이크가 괴로운지 허공을 향해 포효했다.

크아아오오!

그리고 곧, 거대한 도마뱀의 신형이 모래 바닥을 향해 서서히 무너져 내려갔다.

그와 함께 샌드 드레이크의 신체가 점점 회색빛으로 변해 갔다.

결국 샌드 드레이크를 처치하는 데 성공한 것이다.

쿠웅-!

지면이 울릴 정도로 묵직한 소리와 함께, 길드원 전원의 눈앞에 시스템 메시지가 떠올랐다.

　-히든 보스 몬스터 '샌드 드레이크'를 성공적으로 처치하셨습니다.

　-경험치를 5,587,798만큼 획득합니다.

　-'샌드 드레이크'를 최초로 처치하며 명성이 3만 만큼 증가합니다.

　-'드레이크 슬레이어' 칭호를 획득했습니다.

　정말 단 한 번의 실수라도 했다간 전멸당할 수도 있었던 힘겨운 전투가 끝나자 그에 상응하는 보상이 파티원들에게 돌아왔고, 모두는 함박웃음을 지었다.

　"이야, 경험치 보소. 엄청나구먼!"

　피올란은 영웅 등급의 매직 완드를 획득하고 싱글벙글한 표정이 되어 있었다.

　"저 득템했어요, 대박!"

　"피올란 님 뭐 먹었는데요?"

　"제가 쓰던 지팡이보다 좋은 완드요!"

　"오오!"

　모두가 보스 몬스터 사냥의 성공으로 들떠 있던 그때, 이안에게는 추가로 메시지가 몇 줄 더 떠올랐다.

　-샌드 드레이크의 진화를 성공적으로 저지했습니다.

　-황금귀룡의 여의주가 다시 힘을 되찾습니다.

　메시지와 함께 허공으로 둥둥 떠오른 여의주.

　거대했던 샌드 드레이크의 시체가 쪼그라들면서 새하얀 빛이 빠져나와 여의주를 향해 빨려 들어갔다.

그리고 조금 흐리멍텅한 빛깔을 띠고 있던 여의주가 영롱하게 빛나기 시작했다.

이안은 여의주를 향해 걸음을 옮겼다.

그의 두 눈은 반짝이고 있었다.

'진화를 저지했다고?'

시스템 메시지로 미루어 보면 저 여의주가 진화의 매개체가 되는 듯 보였다.

이안의 시선이 뿍뿍이를 향해 돌아갔다.

'그렇다면……?'

뿍뿍이는 끈적한 시선으로 자신을 쳐다보는 이안을, 영문을 모르겠다는 표정으로 마주보았다.

뿌욱-?

삑- 삑삑삑삑-!

진성의 원룸 앞에 도착한 하린은 능숙한 손놀림으로 도어락의 번호를 누르고 문을 열었다.

어차피 진성은 게임 중일 것을 뻔히 알고 있었기 때문에, 일부러 벨도 누르지 않았다.

끼익-.

문을 열고 들어간 하린은, 구석에 있는 진성의 침대에 털썩 주저앉았다.

그리고 진성이 들어가 있음이 분명한 캡슐을 뚫어져라 응시했다.

'우리 진성이, 이제 밥 먹으러 나올 때가 됐는데…….'

하린은 평소와는 사뭇 다른 예쁘장한 원피스 차림이었다.

물론 그저 기분 내기 위해 꾸미고 나온 것은 아니었다.

'오늘은 기필코 이 게임 폐인을 끌어내서 데이트를 해야겠어.'

평소에도 막 입고 다니는 편은 아니었지만, 오랜만에 화장에도 신경을 좀 쓰고 향수까지 뿌린 하린은 결연한 표정으로 벽에 걸려 있는 시계를 응시했다.

12시 47분

진성은 일반적인 게임 폐인들과는 다르게 규칙적인 식사 습관을 가지고 있기 때문에, 특별한 일이 없을 경우엔 12시 50분 정도가 되면 어김없이 점심을 먹으러 캡슐 밖으로 나온다.

하린은 그것을 기다리고 있는 것이었다.

"거울이나 한번 볼까? 오늘 화장도 좀 잘 먹은 거 같은데……."

하린은 흥얼거리며 손거울로 얼굴을 이리저리 살펴보았다.

그리고 잠시 후, 여느 때와 마찬가지로 12시 50분이 지나자 진성의 캡슐이 열리기 시작했다.

위이잉-.

침대에 앉아 있던 하린이 자리에서 벌떡 일어났지만, 진성은 그녀를 보지 못했는지 식탁으로 어슬렁어슬렁 걸어가고 있었다.

'어휴, 어떻게 집에 누가 들어왔는지도 모를 수가 있지? 저 둔한 놈……!'

사실 진성이 둔한 것도 있었지만, 오랜 시간 캡슐 안에 있다가 나온 것이다 보니 주변 인지 능력이 떨어진 탓이었다.

하린은 후다닥 진성의 옆으로 뛰어가 팔짱을 꼈다.

그리고 반쯤 멍한 표정이던 진성은 느닷없는 하린의 등장에 놀라서 소리를 질렀다.

"으아앗!"

거의 경기를 일으키는 진성을 보며, 하린은 해맑게 웃으며 팔을 잡아끌었다.

"왜 이렇게 놀라고 그러셔? 언제든지 놀러 와도 된다면서?"

"그, 그거야 그렇지만……."

겨우 놀란 가슴을 가라앉힌 진성이 하린을 향해 다시 물었다.

"그런데 너 대체 언제 왔어? 올 거면 미리 메시지라도 보내 주지."

하린은 배시시 웃으며 어깨를 으쓱했다.

"서프라이즈!"

"……."

식탁으로 가던 걸음을 돌려 두 사람은 나란히 침대에 앉았다.

"점심 같이 먹으려고 온 거야?"

진성의 물음에 하린이 대답했다.

"그것도 있고……."

"또 다른 게 있어?"

"오늘은……."

잠시 뜸을 들인 하린의 말이 이어졌다.

"기필코 널 카일란 밖으로 끌어낼 생각이거든."

"뭐?"

하린이 자리에서 일어나 진성을 마주보며 밝게 웃었다.

"어때? 나 오늘 예쁘지 않아?"

진성은 떨떠름한 표정으로 하린을 보았다.

그러고 보니 평소보다 훨씬 꾸미고 나온 하린의 모습이 무척이나 아름답게 느껴졌다.

진성은 말을 더듬으며 고개를 끄덕였다.

"예, 예쁘네."

"얼마나?"

진성은 어색한 표정으로 하린을 보며 대답했다.

"많이?"

하지만 표정이 어색한 것일 뿐이었지, 진성의 말은 진심이었다.

단지 이런 상황을 처음 경험해 보기 때문에 어떻게 반응해야 할지 몰랐던 것일 뿐이다.

하린이 진성의 신형 캡슐 옆에 있는 컴퓨터를 슬쩍 응시하며 말했다.

"나 컴퓨터로 인터넷이나 좀 하면서 놀고 있을 테니까, 얼른 씻고 나갈 준비해."

"뭐?"

"내가 그럼 설마 너랑 게임이나 하려고 이렇게 예쁜 옷 입고 왔겠어?"

진성은 퀘스트를 마무리하러 가야 한다는 말이 입 밖으로 나올 뻔 했지만 가까스로 되삼켰다.

"너무 갑작스럽……."

하지만 단단히 벼르고 온 하린이었기에 그런 변명은 통하지 않았다.

하린은 진성의 말을 자르며 입을 열었다..

"데이트 신청이야, 박진성. 원래는 너한테 기회를 주고 싶었지만 네가 나한테 데이트 신청을 하는 건 카일란이 망하기 전까지는 불가능해 보였거든."

진성은 반박할 수 없었기에 꿀 먹은 벙어리가 되어 버렸다.

"……."

"아무튼! 얼른 씻고 나와, 빨리!"

하린은 재빨리 진성에게 다가가 등을 떠밀었고, 진성은 당황해서 하린을 의자 위에 앉혔다.

"아, 알겠어. 알겠다구. 씻고 나올 테니까 컴퓨터만 보고 있어. 알겠지?"

하린이 장난스런 웃음을 지어 보이며 대꾸했다.

"오래 씻으면 문 따고 들어 갈 거니까, 빨리 씻도록!"

진성은 나름대로 집에 있는 옷들 중 가장 괜찮은 것들로 챙겨 입고는, 하린과 함께 집을 나섰다.

하지만 그래 봐야 큰 의미는 없었다.

어차피 옆에서 빛나는 외모를 자랑하는 하린에 가려져 진성은 눈에 들어오지도 않았으니까.

"근데 우리 어디 가는 거야, 하린아?"

진성의 물음에 하린이 웃으며 대답했다.

"따라오기나 하세요, 진성 씨. 오늘 너한테 선택권은 없어."

"그, 그래."

하린의 박력에 움찔한 진성은 잠자코 그녀를 따라나서기 시작했다.

아직까지 마음 한구석에서는 인벤토리에 들어 있을 여의주가 신경 쓰였지만, 그래도 자신의 손을 꼭 붙잡고 있는 하린을 보니 입가에 절로 미소가 그려졌다.

'하린이가 확실히 예쁘긴 하단 말이지.'

진성은 자신의 모든 일과 중 가장 중요한 게임 시간을 양

보할 수 있는 유일한 사람이 바로 하린이라고 생각했다.

하린과 손잡고 걷는 지금, 어지간한 고급 아이템을 득템했을 때보다도 더 설레는 기분이었으니까.

그렇게 두 사람이 향한 곳은 서울 근교에서 가장 커다란 놀이공원이었다.

"놀이공원에 오고 싶었던 거야?"

진성의 물음에 하린이 고개를 끄덕였다.

"응, 나 놀이기구 타는 거 되게 좋아하거든!"

진성도 나름 흥미로운 표정으로 놀이기구들을 둘러보았다.

그리고 충격적인 얘기를 꺼내었다.

"나 놀이공원 처음 와 봐."

"뭐? 어떻게 그럴 수가 있어?"

"그냥…… 살다 보니까 그렇게 됐네."

"뭘 살다 보니까야. 그저 게임할 시간을 다른 데 쓰기 아까웠던 거지."

이미 너무도 진성을 완벽하게 파악하고 있는 하린이었다.

반박할 수 없는 하린의 말에, 진성은 말없이 뒷머리를 긁적였다.

그렇게 놀이공원의 자유이용권을 끊은 두 사람은 기분 좋게 놀이기구들을 타기 시작했다.

하지만 잠시 후, 치명적인 문제가 생겼다.

놀이공원의 자랑인 고속 열차 A-익스프레스에 탑승한 진성이 식은땀을 흘리기 시작한 것이었다.

덜컹덜컹-.

드르르륵-.

천천히 체인이 감기며 놀이기구는 더욱 높은 곳을 향해 움직였다.

진성의 목소리가 떨려 왔다.

"하, 하린아."

"응? 왜 그래?"

"이, 이거, 너무⋯⋯."

차마 신이 날 대로 난 하린의 앞에서 무섭다고 말하기 민망했던 진성은 말을 더듬었지만, 하린은 곧바로 그의 상태를 알아차렸다.

"뭐야, 너 지금 무서운 거야?"

진성은 발끈하며 대꾸했다.

"무, 무섭다니! 그냥 여기가 너무 높은 것 같아서⋯⋯ 으아악!"

덜컥-.

가장 높은 지점까지 끌려 올라간 열차가 덜컥 하는 소리와 함께 멈춰 서자, 진성의 입에서는 반사적으로 비명이 나왔다.

그리고 그것을 본 하린이 고개를 절레절레 흔들었다.

"내가 못 살아."

진성의 눈망울이 가늘게 떨려 왔다.

겁에 질린 표정으로 안전바를 꼭 움켜쥔 진성을 보며 하린은 웃음 지었다.

하지만 그렇다고 해서 지금 진성이 이 상황을 벗어날 방법 같은 건 없었다.

그렇게 진성의 악몽이 시작되었다.

쐐애애액-!

고속열차는 바람을 가르며 곤두박질치듯 떨어져 내리기 시작했다.

진성은 눈을 질끈 감은 채 괴성을 질렀다.

"으아아아어어억!"

반면에 하린은 잔뜩 신난 표정으로 환호성을 질러 댔다.

"와아아아!"

두 사람은 극과 극의 모습으로 놀이기구를 즐겼다.

진성은 눈을 감은 채, 소환수들을 떠올렸다.

'뿍뿍이가 보고 싶어! 핀이, 할리, 라이, 애들아 날 좀 구해 줘, 흑흑.'

하린이 듣기라도 했다면 평생 놀림감이 되었을 만한 대사였지만, 진성은 진심이었다.

이 고통스러운 시간이 얼른 지나갔으면 좋겠다는 생각이 머릿속에 가득 들어찼다.

'연애가 이렇게 무서운 거였다니! 내가 모솔인 이유가 있었어!'

이렇게 말도 안 되는 생각이라도 하지 않으면 견딜 수가 없었기 때문에 진성은 계속해서 다른 생각을 했고, 그렇게 15시간 같은 15분이 지난 뒤 진성은 다시 지상을 밟을 수 있었다.

　"으, 으으……."

　새하얗게 질린 얼굴, 후들거리는 두 다리.

　거의 녹초가 된 진성을 보며 하린이 비웃었다.

　"야, 넌 남자가 뭐 그렇게 겁이 많아? 아까 타러 올라갈 때는 호기롭게 올라가더니."

　하지만 진성은 나름대로의 변명을 대었다.

　"하린아, 내가 가상현실 게임을 잘 하는 이유가 뭔지 알아?"

　"뭔데?"

　"난 공간지각능력이 엄청 뛰어나거든."

　하린이 어이없다는 목소리로 대꾸했다.

　"그게 지금 겁이 많은 거랑 대체 무슨 상관인데?"

　"그러니까, 난 저 위에 있을 때 남들보다 몇 배로 무서운 거야. 내가 지금 어디에 있는지, 얼마나 위험한 데 올라와 있는지 너무 정확히 인지하고 있거든."

　말도 안 되는 괴변을 늘어놓는 진성을 보며, 하린은 고개를 절레절레 흔들었다.

　"웃기고 있네. 그럼 나는 공간지각능력이 부족해서 안 무서운 거야?"

진성이 고개를 끄덕이며 대답했다.

"응, 그런 거지. 넌 저 위에 있어도 지금 여기가 어딘지 얼마나 위험한 곳인지 인지가 안 되는 거야."

사뭇 진지한 표정으로 논리를 펼쳐 가는 진성이었다.

하지만 하린의 다음 말로 인해 진성의 주장은 곧바로 묵살되었다.

"시끄럽네요, 아저씨. 배고프니까 뭐 좀 먹으러 가기나 하자."

"그, 그래……."

진성은 하린이 곧바로 다른 위험한 놀이기구를 타러가자고 제안하지 않았다는 점에서 적잖이 안도했다.

"그러니까 에밀리, 여기서는 식량 생산이 거의 불가능하다는 얘기지?"

"그렇습니다, 샤크란 님. 사실 불가능하다기보다는, 정확히 말하면 너무 효율이 나쁜 겁니다. 우리 길드의 중심 영지에서 생산하는 데 필요한 자원의 거의 열 배가 들어가니까요."

"흐음…… 그 정도라니. 생각했던 것보다 심각한 수준이군."

다크루나 길드에 이어 성공적으로 첫 번째 중부 대륙의 거점지를 점령한 타이탄 길드는 생각지 못한 난관에 부딪쳤다.

일단 거점지를 점령했으면 발전시켜야 하는데, 황량한 사막의 거점지인지라, 아무런 자원도 생산할 수가 없는 것이었다.

유일하게 할 수 있는 것이라고는 치안대를 키워서 주변 몬스터들을 사냥하고 그 전리품을 얻는 정도였는데, 전리품들을 얻어도 어디 내다 팔 곳이 없으니 큰 의미가 없는 것이었다.

북부 영지는 날이 좀 춥기는 해도 기본적인 농경 시스템과 주변 영지, 제국 간의 네트워킹이 가능해서 일정 수준의 기반만 닦아 놓으면 빠르게 성장시킬 수 있었다. 그러나 중부 대륙은 정말 답이 없었다.

두 사람의 옆에 잠자코 서 있던 세일론이 입을 열었다.

"그럼 방법은 본진에서 자원 끌어다가 퍼붓는 수밖에 없네."

에밀리가 고개를 끄덕였다.

"그렇지. 지금으로서는 빠르게 성장시키려면 그 방법 밖에……."

샤크란이 쓴웃음을 지었다.

"어느 정도 예상했던 일이기는 하지만 이 정도까지 심각할 줄은 몰랐군."

하지만 중부 대륙의 거점지가 장점이 아예 없는 것은 아니었다.

거점지 레벨이 낮아도 기본적으로 생산할 수 있는 병력의 질이 북부 대륙의 영지보다 월등히 높았으며, 등용할 수 있는 인재들의 레벨도 기본이 130부터 시작이었다.

게다가 전쟁 특화 지역이라 그런지, 거점지 레벨을 높이고 나면 각종 전투 관련 장비 상점이나 특별한 능력을 가진 영웅 NPC를 양성할 수 있는 기관도 지을 수 있었기 때문에, 무척이나 매력적이었다.

중부 대륙의 거점지는, 초반에 자리 잡기가 너무 힘들어서 그렇지 어떻게든 기반을 닦아 놓기만 하면 제값을 톡톡히 할게 분명했다.

잠시 생각에 잠겨 있던 샤크란의 입이 천천히 열렸다.

"지금까지 모아 뒀던 자금을 모두 쏟아부을 때가 왔군."

샤크란의 말에 에밀리가 고개를 끄덕이며 동의했다.

"그렇습니다, 마스터. 지금 자금을 최대한 끌어모아서 중부 대륙 거점지 두세 군데만 확실히 키워 놓으면 분명 엄청난 힘이 될 것 같습니다."

의견이 모이자 샤크란은 곧바로 길드 채팅방을 열어 간부 회의를 소집했고, 빠르게 일을 진행시켰다.

그렇게 거점지를 하나씩 점령한 두 거대 길드가 차근차근 기반을 닦아나갈 무렵, 루스펠 제국의 상위 길드들은 그제야 중부 대륙에 하나둘 입성하기 시작했다.

겉으로 보기에는 카이몬 제국의 길드들이 이미 압도적인 우세를 가져가기 시작한 중부 대륙이었지만 어디에나 변수는 있는 법이었다.

하린과의 데이트를 무사히 마치고 돌아온 이안은, 씻자마자 곧바로 게임에 접속했다.

그리고 이안이 접속하자마자 길드 채팅방이 시끌벅적해졌다.

—헤르스 : 야, 왔냐? 데이트는 잘 했고?

—피올란 : 하린 님 며칠 전부터 벼르시더니 드디어 이안 님 끌고 나가서 데이트하는 데 성공하셨나 보네. 부럽다…….

—클로반 : 피올란 님 저랑 데이트 한번 어때요? 제가 공주님처럼 모실 수 있는데.

—피올란 : 아, 저는 그냥 몬스터들이랑 데이트하는 걸로…….

—클로반 : 너무해ㅠㅠ.

—미샬 : 이안 님 접속하셨으니, 이제 다시 사냥 시작하는 건가요?

—헤르스 : 그렇겠죠? 그런데 일단 퀘스트부터 마무리하고요. 빡빡이 만나러 가야죠.

정신없이 차오르는 길드 채팅방을 쭉 읽어 내려간 이안이 피식 웃으며 채팅창에 글을 올렸다.

—이안 : 다들 푹 쉬셨죠?

—미샬 : 저 말…… 왠지 무서운 건 저만 그런 거 아니죠?

－헤르스 : 미샬 님만 그런 거 아닙니다. 저도 좀 무섭네요.

　－피올란 : '이제 달려 볼까요?'라고 하시겠죠?

　－이안 : 쉬셨으면 이제 달려 볼까요?

　－헤르스 : 역시는 역시군…….

　－미샬 : …….

　다들 엄살을 피우기는 했어도, 이안의 소집 명령에 금세 거점 귀환석을 사용해서 던전으로 복귀했다.

　거점 귀환석은 거점지가 있는 길드원들만 사용할 수 있는 물건으로, 사냥 도중 사용하면 자신이 소속된 길드의 영지로 순간이동이 가능하고, 한 번 더 사용하면 원래의 위치로 돌아오게 되는 것이다.

　원래대로라면 귀환석을 던전에서 사용하는 것은 불가능했지만, 이렇게 한 번 클리어를 하고 난 던전에서는 귀환석이 작동하도록 되어 있었다.

　이안의 부재로 오랜만에 영지에서 휴식을 만끽하고 있던 길드원들이 하나둘 던전으로 돌아오기 시작했다.

　－이안 : 그런데 우리 후발대는 언제쯤 중부 대륙 도착하는 거죠?

　이안이 말하는 후발대는, 마법진에 탑승하지 못하고 제국군 원정대의 행렬에 합류해 중부 대륙으로 오고 있는 길드원들을 이야기하는 것이었다.

　그들은 카윈과 클로반이 이끌고 있었다.

　－클로반 : 이제 내일이면 도착할 것 같다. 우리도.

-카윈 : 클로반 형 말이 맞음. 빠르면 내일 오전 중으로, 늦으면 점심쯤?

　-이안 : 카윈아, 우리 후발대 총원 몇 명 정도지?

　-카윈 : 한…… 150명? 아니다, 170명 정도 되겠네.

　-이안 : 오케이. 도착하면 바로 연락 주고. 합류해야 되니까.

　-카윈 : 알겠어, 형.

　채팅을 통해 간단히 상황 파악을 한 이안은 속으로 계획을 정리하기 시작했다.

　'일단 빡빡이에게 돌아가 퀘스트를 완료하고 나면 던전 버프는 이틀 정도 남겠고, 후발대랑 합류하고 나면 이제 거점 점령하러 올라가면 되는 건가?'

　거점지 점령 퀘스트는 시간 부족으로 거의 포기한 상태였지만, 그렇다고 거점지 얻는 것까지 포기한 것은 아니었다.

　다른 최상위권 대형 길드들에 비해 전력이 조금 부족하더라도, 외진 곳에 있는 거점이라도 한 군데 정도는 어떻게든 획득하고 방어해 낼 생각이었다.

　'원래대로라면 중부 대륙 거점 하나 사수하는 것도 힘들었겠지만 카이자르가 있으니까.'

　며칠간의 사냥으로 레벨이 하나 더 올라서 이제는 249레벨이 된 카이자르는, 이안에게 무척이나 든든한 힘이었다.

　'충성도가 또 떨어져서 3이 되긴 했지만, 아직 날 때린 적은 없으니…….'

이안이 이런저런 생각을 하는 동안 접속해 있지 않던 길드원들까지 전부 들어와서 파티가 다 모였고, 그들 일행은 빡빡이를 향해 이동하기 시작했다.

던전이 워낙 넓고 험지여서 되돌아가는 데도 제법 시간이 걸렸다.

이안은 인벤토리 안에 들어있는 여의주를 보며 속으로 중얼거렸다.

'마음 같아서는 이걸 뿍뿍이한테 쓰고 싶은데 말이지…….'

이안은 오전에 얼핏 읽어 보았던 여의주의 정보를 다시 열어서 확인했다.

황금귀룡黃金龜龍의 여의주如意珠

분류 : 잡화 (알 수 없음)　　　　**등급** : 전설
착용 제한 : 착용 불가　　　　**내구도** : 55/55
옵션 : 소환술사가 소지하고 있을 시, 드래곤 계열 소환수들의 모든 전투능력치가 3퍼센트만큼 상승한다.
*사용 가능 아이템 : '진화 가능' 소환수에게 사용할 시, 해당 소환수를 강제로 진화시킬 수 있는 힘을 가지고 있다. 종족 무관 사용 가능하지만, 부작용이 생길 수 있다.
*퀘스트 아이템 : 황금귀黃金龜 '빡빡이'의 기억이 담긴 물건이다. 사용하거나 잃어버릴 시 퀘스트에 자동으로 실패하며, 빡빡이의 분노를 사게 된다.
*유저 '이안'에게 귀속된 아이템이다.
다른 유저에게 양도하거나 팔 수 없으며 캐릭터가 죽더라도 드롭되지 않는다.
(최초 1회에 한해 양도할 수 있다.)

설명에서도 볼 수 있듯, 여의주는 이안의 예상대로 소환수를 진화시킬 수 있는 물건이었다.

물론 '진화 가능' 옵션이 붙어 있는 소환수여야 가능한 것이었지만, 지금의 이안에게 이것은 상당히 메리트가 있는 능력이었다.

아직까지 단 한 번도 진화하지 못한 뿍뿍이가 계속 눈에 밟혔기 때문이었다.

다른 몬스터들을 고려하지 않는 이유는 간단했다.

라이까지 전설등급으로 진화해 버린 지금, 이안에게 진화 가능 소환수는 뿍뿍이밖에 남아 있지 않았으니까.

'이게 기회인 것 같기는 한데…… 왠지 찜찜하단 말이지.'

물론 빡빡이의 분노를 사게 될까 봐 무서운 것은 아니었다.

조금 더 신비롭고 말도 할 줄 아는 신기한 거북이기는 하지만, 뿍뿍이와 비슷하게 생긴 녀석이 그렇게 강해 보이지는 않았기 때문이었다.

단지 이안이 여의주를 사용하는 데 걸리는 부분은, 왠지 퀘스트 완료 후 빡빡이가 줄 보상이 엄청 좋은 것일지도 모른다는 생각 때문이었다.

그렇다면 고민은 결국 하나였다.

'빡빡이가 줄 보상이, 뿍뿍이의 진화보다 나한테 메리트가 있을까?'

하지만 이안은 빡빡이에게 가까워질수록 마음을 굳히고 있었다.

'조금 아깝기는 하지만, 보상이 뭔지 모른 채 이 퀘스트가 끝나면 궁금해서 잠도 안 올 것 같으니까.'

그리고 다른 파티원들도 이안 때문에 퀘스트 보상을 못 받게 되니 그 부분도 조금 걸렸다.

그리고 잠시 후, 이안 일행은 다시 빡빡이를 만날 수 있었다.

빡빡이는 이안을 확인하자마자 반가운 표정으로 쪼르르 기어 왔다.

─오, 이안. 돌아왔는가!

빡빡이와 눈이 마주친 이안은 실소를 흘렸다.

'생긴 건 뿍뿍이랑 똑같은 게, 말투는 오클리 할배 뺨치네.'

빡빡이가 귀엽다는 생각을 잠깐 한 이안은, 인벤토리에서 여의주를 꺼내어 그에게 넘겼다.

"자, 여기 가져왔어."

그리고 그것을 받아 입에 문 빡빡이는 만족스러운 미소를 지으며 입을 열었다.

─이안. 그대는 정말 믿을 만한 인간이군.

"응? 뭐가?"

―이 값비싼 여의주를 내 부탁대로 이렇게 욕심 없이 되돌려 주다니 말이야.

"아…… 뭐, 그거야 원래 네 것이었으니까."

―머리로는 알아도 마음속의 욕망을 제어하기란 쉽지 않은 법. 이안. 그대의 도움에 정말 감사를 표하네.

건성으로 대화를 나누던 이안은 문득 궁금한 것이 생겼다.

"그런데 빡빡아."

―왜 그러는가?

"그 여의주 값이 얼마나 나가는 물건이기에 그러는 거야?"

그에 잠시 생각하던 빡빡이가 천천히 입을 열었다.

―그것은 정확히 알 순 없지만, 고대 거신족들 사이에서 여의주는 금괴 50개 정도에 거래되곤 했었다. 지금은 어떨지 모르겠군.

빡빡이의 말에 이안은 물론, 옆에 있던 다른 길드원들까지 두 눈이 휘둥그레졌다.

"그, 금괴 50개라고요?"

"우리 방금 잘못 들은 거 아니지? 금화가 아니라 금괴라고 했지? 분명히?"

그들이 놀란 것도 무리는 아니었다.

금괴 한 개의 값이 100만 골드였으니까.

금괴 50개라면, 5천만 골드였다.

팔아서 파티원 열 명 몫으로 n등분 하더라도 최소 두 당 500만 골드는 가져갈 수 있는 엄청난 값어치의 아이템이다.

이안은 순간 다리에 힘이 풀리며 휘청하는 것을 느꼈다.

"그, 그렇구나."

하지만 이미 엎질러진 물.

여의주는 빡빡이의 입에 이미 물려 있었고, 퀘스트는 진행되고 말았다.

띠링—!

—황금귀 '빡빡이'의 부탁(히든 퀘스트)을 성공적으로 완료하셨습니다.

—클리어 등급—S

—전공 포인트를 12,000만큼 획득합니다.

—경험치를 39,456,000만큼 획득합니다.

—명성을 10,000만큼 획득합니다.

엄청난 양의 보상을 얻었지만, 이안은 알 수 없는 공허함을 느끼며 떠오르는 시스템 메시지들을 확인했다.

그런데 그때, 모두가 보는 앞에서 빡빡이의 입에 물려 있던 여의주가 환하게 빛나기 시작했다.

그와 동시에 빡빡이가 중얼거리듯 입을 열기 시작했고, 모두의 귓가로 그 목소리가 또렷이 들어왔다.

—이제 잃어버린 나의 영광을 되찾을 수 있겠군.

우우웅—.

빡빡이의 입에 물린 여의주가 강렬하게 진동하기 시작했다.

이안 일행은 그 광경을 흥미진진한 표정으로 응시했다.

그리고 잠시 후, 여의주에서 흘러나온 황금빛이 빡빡이의 온몸을 감싸고 맹렬히 회전했다.

화르르르-!

마치 불길이 타오르는 것과 비슷한 모양새로 빡빡이의 주변에 휘감기는 황금빛의 물결.

그렇지 않아도 황금빛이었던 빡빡이의 몸이 더욱 빛났고, 이윽고 새하얀 빛이 빡빡이의 온몸을 뒤덮었다.

누가 보더라도 무척이나 신비로운 광경이었다.

멍하니 그 장면을 지켜보는 다른 이들과는 달리, 이안은 어디서 많이 본 장면 같다는 생각을 했다.

'이거…… 소환수 진화할 때 그 장면이랑 비슷한 것 같은데.'

빡빡이의 몸집은 빛에 휩싸인 채 점점 커지고 있었고, 이윽고 레이크나 할리보다도 더 커다란 몸집으로 변했다.

등껍질은 크기만 거대해지고 모양은 그대로였으나, 짤막했던 목은 뱀처럼 길게 늘어났고, 양옆으로 2개의 머리가 더 자라나 마치 히드라 같은 모습이 되었다.

'뭐야, 이거 떡대보다도 더 커지겠는데?'

그리고 이안의 말처럼, 빡빡이의 몸집은 계속해서 자라나고 있었다.

날카로운 발톱이 자라 있는 4개의 튼실한 다리, 알 수 없는 고대의 문양들이 멋들어지게 수놓아져 있는 커다란 등껍질, 그리고 기존의 동글동글했던 얼굴은 사라지고 날렵하고 멋들어진 외모를 한 세 개의 머리까지…….

빡빡이를 감싸고 있던 빛이 모두 다 걷혔지만, 이안은 아직도 정신을 차리지 못한 채 멍한 표정으로 그를 바라보고 있었다.

잠시 동안의 이 적막을 가장 먼저 깬 것은 빡빡이었다.

─이안, 덕분에 내가 과거의 영광을 되찾을 수 있었다. 고맙다.

이안은 얼떨떨한 표정으로 입을 열었다.

"그, 그래…… 뭐. 잘됐네, 하하……."

이안은 자신의 등에 매달려 있는 뿍뿍이를 힐끗 응시하고는 빡빡이의 자태를 다시 한 번 쳐다보았다.

'우리 뿍뿍이한테 여의주를 썼으면, 저렇게 멋있어졌으려나?'

다시 슬금슬금 배가 아파 오는 것 같았다.

하지만 다음 순간, 이안의 아픈 배는 말끔히 치유될 수 있었다.

빡빡이의 3개의 머리가 이안의 앞으로 다가오며 입을 열었다.

─이안, 나는 홀드림의 재물들을 수호하며 이 어두운 지하 속에 1천 년 이상을 머물러 왔다.

"그런데?"

─이제 홀드림의 원혼도 이 무덤을 떠났으니, 나는 자유를 찾고 싶다.

"……?"

빡빡이와 이안의 시선이 마주쳤다.

─그대와 함께 하고 싶다. 날 받아 줄 수 있겠는가?

이안의 눈앞에 시스템 메시지가 떠올랐다.

─황금귀룡 '빡빡이'가 당신의 소환수가 되고 싶어 합니다. '빡빡이'를 소환수로 거두시겠습니까? (통솔력이 부족하지만, '드래곤 테이머의 깃털 장식' 아이템의 효과로 통솔력에 제한 없이 소환수를 획득할 수 있습니다).

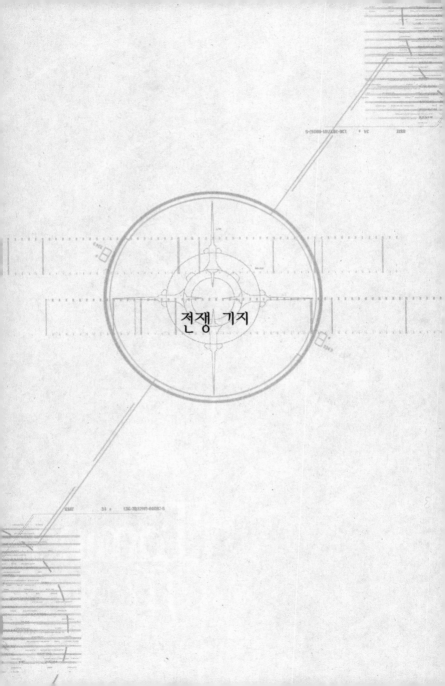

전쟁 기지

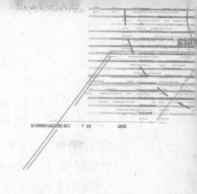

　사막 한복판에 펄럭이는 오클란 길드의 깃발.

　그리고 백여 명이 넘는 많은 유저들과, 수백 이상의 길드 사병들이 그 깃발 아래서 중부 대륙으로 진입하고 있었다.

　"후우, 확실히 다른 지역이랑은 몬스터 수준이 차원이 다르네요. 철저히 준비했다고 생각했는데 벌써 열 명이 넘게 아웃당하다니."

　선두에서 대열을 이끌던 여성 기사 유저의 말에, 림롱이 조용히 고개를 끄덕이며 대답했다.

　"그렇습니다, 리히나 님. 아무래도 몬스터 레벨대 자체가 기존 사냥터들에 비해 워낙 높으니까요."

　리히나는 오클란 길드의 창립 멤버 중 하나이자 랭커인,

길드의 수뇌부였다.

그리고 이번 중부 대륙 1차 원정대의 총책임을 그녀가 맡고 있었다.

림롱은 그녀를 보좌하는 역할이었다.

"그나저나 림롱 님은 확실히 다른 암살자 클래스 유저들이랑 다르네요. 마스터께서 신뢰하시는 이유가 있었어요."

"후후, 어떤 점요?"

"암살자 클래스 유저들이 PVE에서 제대로 능력 발휘가 안 된다는 건 이미 증명된 사실이잖아요. 광역 공격기도 거의 없고, 근접형 클래스가 몸은 또 워낙 종이 몸이니……."

그녀의 말처럼 암살자 클래스는 PVE에서 가장 배척받는 클래스였다. 이번 중부 대륙 원정에서도 암살자 클래스들은 많이 배제당했다는 사실이 그 방증이었다.

림롱이 웃으며 말했다.

"다 하기 나름 아니겠습니까. 어느 정도 불리한 점이 있긴 하지만, 극복할 방법도 충분히 있으니까요."

그런데 두 사람이 이런저런 대화를 나누고 있던 그때, 멀찍이서 정찰병 하나가 뛰어 돌아왔다.

"충! 리히나 님, 정찰 마치고 돌아왔습니다."

리히나가 고개를 끄덕이며 대답했다.

"수고했다. 보고하도록."

잠시 숨을 고른 병사의 말이 이어졌다.

"전방으로 10여 분 정도 이동하면 스콜피언 퀸의 둥지가 있습니다. 몬스터 평균 레벨대는 160정도. 상대한다면 승리할 확률이 높겠으나, 스콜피온 퀸의 레벨이 정확히 파악되지 않아 위험합니다."

"그렇다면 이기더라도 피해가 막심하겠군."

리히나의 말에 병사가 고개를 끄덕였다.

"그렇습니다, 리히나 님. 우회해서 진군하는 것이 나을 듯합니다."

옆에 서있던 림롱이 거들었다.

"던전 최초 발견 보상이 아쉽긴 하지만, 지금은 최대한 전력을 아껴서 거점지를 먼저 점령해야 할 때입니다, 리히나 님."

리히나도 그의 말에 동의했다.

"저도 그렇게 생각해요."

그녀의 시선이 병사를 향해 다시 돌아갔다.

"스콜피온 둥지 말고는 목적지까지 큰 무리 없이 진행 가능하겠지?"

"그렇습니다."

"우회해서 돌아간다면 도착하는 데까지 소요되는 예상 시간은?"

"반나절 정도 소요될 것 같습니다."

"좋아."

정찰병의 보고가 끝나자, 오클란 길드의 병력은 다시 움직이기 시작했다.

목적지는 미리 보아 뒀던 최전방의 거점지였다.

'이거 완전 땡잡았잖아!'

얼떨결에 얻은 소환수 '빡빡이'의 정보를 확인하던 이안은 말려 올라가는 양쪽 입꼬리를 감추지 못하며 싱글벙글 웃고 있었다.

그도 그럴 것이, 빡빡이는 무려 '전설' 등급의 소환수였던 것이다.

빡빡이(황금귀룡)

레벨 : 150   분류 : 신수
등급 : 전설   성격 : 신중함
진화 불가
공격력 : 2,730   방어력 : 3,825
민첩성 : 1,575   지능 : 2,355
생명력 : 183,300/183,300
고유 능력
*사막의 수호자(패시브)
1분에 한번 씩 모래로 만들어진 보호막을 생성하여 피해를 흡수한다.
보호막은 최대 생명력의 30퍼센트만큼의 피해를 흡수하며, 20초 동안
지속된다.
*절대 방어 (재사용 대기 시간 2분)

10초 동안 '무적' 상태가 된다.

'무적' 상태일 때는 어떤 피해도 입지 않으며, 모든 상태 이상에 '면역'이 된다.

하지만 절대 방어가 지속되는 동안은 어떠한 행동도 할 수 없다.

*귀룡의 가호 (재사용 대기 시간 10분)

2분 동안 지정한 대상의 피해를 대신 받는다.

귀룡은 지정 대상이 입었어야 할 원래 피해의 150퍼센트만큼의 피해를 입게 되며, 귀룡의 생명력이 10퍼센트 이하로 떨어지면 스킬이 자동으로 해제된다.

*귀룡의 포효 (재사용 대기 시간 2분)

넓은 범위의 적들을 도발하여, 귀룡을 공격하게 만든다. '도발' 상태는 30초 동안 이어지며, 도발에 당한 상대는 움직임이 40퍼센트만큼 느려진다. (유저를 상대로는 효과가 절반으로 줄어든다.)

오랜 시간 동안 유적의 무덤에서 유물들을 수호해 왔던 고대의 신수이다. 엄청나게 강력한 힘을 가지고 있다.

역시 라이나 핀과 마찬가지로 압도적인 능력치를 자랑하는 빡빡이였지만, 유일하게 아쉬운 부분은 '진화 불가'라는 부분이었다.

'전설 등급에 진화 가능이었으면 신화 등급 한번 만들어 볼 수 있었을 텐데……..'

라이의 경우는 '완전체'라는 타이틀이 붙어 있었다.

늑대류의 소환수들 중 라이보다 더 높은 단계로 진화가 가능한 개체는 아예 없다는 이야기.

그 말을 거꾸로 생각해 보면, 귀룡이나 그리핀의 경우에는 더 높은 단계로 진화가 가능한 개체가 존재할지도 모른다는 이야기였다.

그렇기에 아쉬웠던 것이다.

'어쨌든 떡대 하나로는 탱킹이 부족한 걸 느끼고 있었는데, 정말 잘됐어.'

18만이라는 어마어마한 생명력에 4천에 육박하는 방어력.

150이나 되는 높은 레벨을 감안해도 역시 압도적인 능력치였다.

"와아, 축하드려요, 영주님. 빡빡이 너무 멋져요!"

빡빡이의 앞으로 다가간 세리아가 눈을 반짝이며 거대한 등껍질의 옆쪽을 쓰다듬었다.

이안도 만족스러운 표정을 지으며 대답했다.

"고마워, 세리아."

그리고 뒤쪽에서 그 모습을 지켜보던 훈이가 투덜거렸다.

"운 좋은 놈. 말도 안 되게 빨리 성장한 게 다 운발이었어."

훈이의 비아냥에도 이안은 어깨를 으쓱해 보일 뿐이었다.

"운도 실력이야, 꼬마야."

"쳇."

그리고 못마땅한 표정을 한 거북이 한 마리도 있었다.

뿍- 뿌뿍-!

질투에 찬 표정으로 빡빡이를 째려보는 뿍뿍이.

이제 아무리 다이어트를 해도 빡빡이보다 잘생겨지는 것은 요원해졌음을 깨달았는지, 뿍뿍이는 무척이나 시무룩한 표정이었다.

그 모습을 본 이안은 피식 웃으며 뿍뿍이의 머리를 쓰다듬었다.

"귀여운 녀석."

뿍― 뿌뿍―!

뿍뿍이는 토라져서 껍질 안으로 쏙 들어가 버렸고, 이안은 늠름한 모습을 한 빡빡이에게로 천천히 다가갔다.

그런데 문제가 하나 있었다.

'그나저나 이제부터는 전투에 모든 소환수들을 전부 소환할 수가 없겠는걸.'

템발과 히든 스텟발로 지금껏 부족한 줄 몰랐던 통솔력이 드디어 한계치 이상으로 넘어가 버린 것이다.

소환수 소지 제한을 무한대로 만들어 주는 드래곤 테이머의 깃털 장식 덕분에 획득에는 문제가 없었지만, 소환은 불가능했다.

이안은 열심히 머리를 굴리기 시작했다.

'돈 탈탈 털어서 템 싹 갈아엎어도 커버하기 힘들 것 같은데…….'

그런데 그때, 이안의 눈에 빡빡이와 즐겁게 대화 중인 세리아가 들어왔다.

'아, 혹시 세리아라면……!'

이안이 세리아를 불렀다.

"세리아!"

"넵, 영주님!"

"혹시 너 통솔력에 여유 좀 있어?"

이안의 생각은 간단했다. 소환수 하나를 세리아한테 양도할 생각이었던 것이었다.

어차피 세리아도 이안의 가신이었으니, 그렇게 하면 모든 소환수를 전부 운용할 수 있으리라.

'세리아 레벨도 이제 130 가까이 되니까 분명 통솔력이 남을 거야. 세리아가 운용하는 소환수는 블루와이번 밖에 없으니까.'

그리고 세리아는 이안의 기대에 부응하기라도 하듯, 고개를 끄덕였다.

"네, 영주님. 저 통솔력 여유 많아요. 왜 그러세요?"

이안이 밝게 웃으며 세리아에게 말했다.

"세리아, 그럼 이제부터 네가 떡대를 좀 보살펴 줄래? 너라면 믿고 맡길 수 있을 것 같아서 말이야."

떡대를 세리아에게 양도하고 나면, 장비 몇 개만 바꿔 착용해서 통솔력을 늘리는 정도로 모든 소환수의 운용이 가능할 것 같았다.

그리고 물론, 세리아는 신나서 고개를 끄덕였다.

"좋아요, 영주님! 정말 감사드려요!"

세리아는 행복한 표정으로 멀뚱히 서있는 떡대를 바라보

앉다.

그렇게 떡대를 세리아에게 양도한 이안은 정비를 마치고 다시 움직이기 시작했다.

이제는 거점지 점령을 위한 사전 작업을 시작해야 할 때였다.

"솔린, 너무 무모한 일을 저질렀다."

이라한의 말에 솔린은 고개를 떨구며 나직한 어조로 대답했다.

"죄송합니다, 마스터. 그들이 황제 직속의 근위기사단인 줄을 몰랐습니다."

이라한은 고개를 절레절레 저었다.

그녀의 판단이 이해가 되지 않는 것은 아니었지만, 그렇다고 해도 너무 피해 정도가 컸던 것이다.

수십 명의 정예 길드원의 몰살.

하루 동안 그들의 전력에 공백이 생겼음은 물론, 레벨도 전체적으로 하나씩 떨어졌으니, 이것은 엄청난 피해였다.

게다가 단 한 명의 기사도 죽이지 못했다는 점이 가장 화가 났다.

"후우…… 이제 와서 어쩔 수는 없겠지. 지금부터라도 정신 바짝 차릴 수밖에."

이라한은 시작부터 계획에 차질이 생기자 머리가 지끈거렸다.

'거점지를 최소 3개 이상 점령하고 시작하려 했는데…… 이렇게 되면 무리해도 2개까지 밖에 관리할 수가 없겠어.'

경쟁 길드인 타이탄 길드는 이미 2개의 거점지를 점령하는데 성공했으며, 추가로 거점지 하나를 더 늘린다는 정보를 입수한 상태였기에 더욱 배가 아팠다.

'그래도 루스펠 제국 길드 놈들은 아직 제대로 자리 잡지도 못했던데…… 그게 그나마 위안이군.'

거기까지 생각이 미친 이라한은 속으로 혀를 찼다.

루스펠 제국의 대표 길드인 스플렌더, 오클란. 그리고 밸리언트 길드.

그들은 나름대로 5대 길드 중 하나라며 자부심이 있었지만, 이라한은 한 번도 그들을 경쟁 상대로 생각해 본 적이 없었다.

그들의 판단은 항상 한 발씩 늦었으며, 객관적인 전력도 많이 떨어졌다.

소속 국가가 달랐기 때문에 아직 투기장에서 만난 적은 없었지만 붙는다면 결과는 뻔할 것이라고 생각했다.

영지전이야 방어 길드의 이점 때문에 쉽게 이기지 못했었지만, 이제 중부 대륙에서 벌어질 필드전에서는 전부 다 박

살 내 줄 자신이 있었다.

이런 저런 생각을 하며 눈을 감고 있는 이라한을 향해, 솔린이 조심스러운 목소리로 입을 열었다.

"저…… 그런데, 마스터."

이라한은 눈을 감은 채 대답했다.

"말해라."

"제가 접속 불가 시간이 끝난 뒤에 이쪽으로 이동해 오던 중, 흥미로운 장소를 하나 발견했습니다."

이라한의 두 눈이 살짝 뜨였다.

"흥미로운 장소?"

"네, 그렇습니다. 주변에 타이탄 길드 녀석들이 몰려 있어서 들어가 보지는 못했습니다만, 확실히 무언가 있어 보이는 구조물이었습니다."

이라한의 표정이 살짝 변했다.

"오호, 구조물이라…… 이름이 뭔지는 봤고?"

솔린이 고개를 끄덕였다.

"예, 이름은 확인했습니다. '전쟁의 탑'이라는 이름을 가진 건물이었습니다."

그리고 그 말을 들은 순간, 이라한은 자리에서 벌떡 일어났다.

"이런, 제기랄!"

노성을 터뜨리는 그의 모습에 움찔한 솔린이 물었다.

"왜 그러시는지요?"

이라한은 눈을 희번덕거렸다.

'샤크란 이놈이, 이제 정보 공유조차 하지 않는다 이거지?'

타이탄과 다크루나는 경쟁 구도의 길드였고, 당연히 지금까지 서로를 견제해 왔다.

하지만 중부 대륙으로의 진출은 제국 간의 싸움이었기에 이와 관련된 정보들은 공유하기로 사전에 길드 마스터끼리 합의를 봤었는데, 샤크란이 그것을 어긴 것이었다.

이라한이 솔린을 향해 다시 시선을 돌렸다.

"솔린."

"예, 마스터."

"지금 당장 움직여야겠다. 준비해."

이라한이 어디로 가려는 것인지 짐작했기에, 솔린은 고개를 끄덕이며 대답했다.

"예, 알겠습니다, 마스터."

이라한은 걸음을 옮기며 한마디 덧붙였다.

"수뇌부 전부 집합시켜. 다같이 움직여야 하니까."

퀘스트가 끝난 뒤, 이안의 일행은 잠시 정비를 위해 흩어졌다.

하도 오랜 기간 격하게 사냥하다 보니 장비 내구도도 거의 바닥까지 닳아 있었으며, 회복약도 전부 떨어진 탓이었다.

하지만 이안은 해당 사항이 없었다.

싸움은 거의 소환수가 다 해 주었고, 회복은 소환수 치유술과 힐러들이 전담해 주었기 때문이었다.

유일하게 사용하는 것이 정령력 회복약이었는데, 그마저도 아직 넉넉했다.

이안은 길드원들을 보내고 난 뒤에도 계속해서 혼자 사냥을 했고, 덕분에 경험치도 제법 많이 차올랐다.

'곧 있으면 136레벨 찍을 수 있겠어.'

중부 대륙 오픈 이후, 경험치를 많이 주는 고레벨 사냥터가 많이 생겼기 때문에, 최상위권 유저들의 레벨 업 속도가 이전보다 많이 빨라진 편이었다.

하지만 이안의 레벨 업 속도에 비견할 정도는 아니었고, 그 결과 이안은 최상위 그룹을 거의 따라잡은 상태였다.

'어젠가 확인했을 때, 100위권 레벨 컷이 141이었던 것 같은데…….'

이안이 말하는 랭킹은, 직업별 랭킹도 아니고 무려 한국서버의 전체 유저 레벨 랭킹 커트라인을 말하는 것이었다.

후발주자로 시작한 이안의 눈앞에, 드디어 랭킹 100위의 고지가 다가온 것이다.

"크, 힘내서 다시 사냥해 볼까?"

그런데 그때, 이안의 힘을 쭉 빠지게 만드는 시스템 메시지가 떠올랐다.

−던전 최초 발견 보상 날짜인 7일이 모두 지났습니다.

−이제부터 모든 보상 수치가 정상으로 되돌아옵니다.

길드원들이 정비를 위해 떠나고 나서도 이안은 다시 무덤 던전 안에서 사냥하고 있었다.

시야 상단의 버프 아이콘이 사라진 것까지 확인한 이안이 입맛을 다셨다.

"쩝…… 어쩔 수 없지 뭐."

이안의 중얼거림에 뒤쪽에 있던 훈이가 냉큼 물었다.

"드디어 사냥 끝난 거야?"

훈이는 카이자르의 소속이었기 때문에, 이안의 사냥에 마치 원 플러스 원 세트 메뉴처럼 항상 딸려 오고 있었고, 덕분에 이안의 하드한 사냥 일정을 전부 소화한 훈이는 다크서클이 턱 끝까지 내려와 있었다.

"음…… 이제 밖으로 나가서 사냥하지 뭐."

훈이가 한숨을 푹 내쉬었고,

"하아……."

데스나이트 발람이 그 옆에서 같이 한숨을 내쉬며 거들었다.

−아…… 역시 사악한 인간이다.

하지만 이안은 그들의 불평은 거들떠보지도 않고, 던전 바깥을 향해 걸음을 옮겼다.

그 모습을 본 카이자르가 피식 웃으며 중얼거렸다.

"우리 영주 놈이, 다른 건 좀 부족해도 근성 하나는 인정할 만하군."

훈이는 고개를 절레절레 저을 뿐이었다.

이안은 기왕 지상으로 나온 김에, 다른 길드원들이 돌아오기 전까지 이곳저곳 탐색하며 점령할 거점지를 물색해 봐야겠다고 생각했다.

"그런데 어디부터 가 봐야 하나……."

복잡하게 길이 나있는 지역도 골치 아팠지만, 이렇게 사방이 뻥 뚫려 끝이 보이지 않는 맵도 유저들의 선택 장애를 불러오기 쉬운 구조였다.

그렇게 이안이 고민하고 있을 때, 옆에 있던 빡빡이가 입을 열었다.

-음, 기억이 나는군. 오랜만에 지상으로 나왔지만 마치 어제 일처럼 익숙해.

빡빡이가 길다란 3개의 목을 기지개를 키듯 크게 치켜들어 보였다.

그를 향해 시선을 돌린 이안이 물었다.

"그럼 빡빡이 너, 지형도 제법 빠삭하게 알겠네?"

빡빡이는 고개를 끄덕이며 대답했다.

─그렇다. 주인. 중부 대륙 전체는 몰라도, 이 중심 지역은 거의 다 기억난다.

이안의 눈에 이채가 어렸다.

지금 당장 필요한 것이 바로 지형에 대한 정보였기 때문이었다.

'어디 숨어 있는 꿀 같은 거점지가 있었으면 좋겠는데…….'

이안은 기대에 찬 눈빛으로 빡빡이에게 물었다.

"빡빡아, 그럼 혹시 이 근처에 거점지가 어디 있는지 알 수 있어?"

하지만 빡빡이는 이안의 기대에 부응하지 못했다.

─거점지? 그게 무엇인지 난 잘 모르겠다. 주인.

"으음……."

이안이 뒷머리를 긁적였다.

'거점지는 유저들만 사용하는 단어라서 그런 건가…… 그럼 뭐라고 설명해야 빡빡이가 알아들으려나?'

이안이 그렇게 고민하고 있을 때, 빡빡이가 다시 입을 열었다.

─혹시 거점지라는 곳이 많은 사람들이 모여 있고, 시끌벅적한 그런 곳을 말하는 건가?

빡빡이의 물음에 이안이 재빨리 고개를 끄덕였다.

"응, 바로 그거야. 맞는 것 같아!"

기뻐하는 이안을 보며 빡빡이가 천천히 고개를 끄덕였다.

─그런 곳이라면 멀지 않은 곳에 기억나는 장소가 있다. 너무 오랜 세월이 지나서 아직 남아 있을지는 모르지만 말이지.

하지만 이안은 빡빡이가 말한 장소가 거점지일 것임을 거의 확신했다.

"그쪽으로 가자, 빡빡아. 안내해 줘!"

빡빡이가 고개를 끄덕인 뒤, 거구를 천천히 움직이기 시작했다.

─알겠다, 주인.

"이런 식은 곤란하지 않습니까, 샤크란 님?"

웅장하게 솟아 있는 전쟁의 탑 입구에서 두 남자가 서로를 마주보며 대화를 나누고 있었다.

두 남자는 바로 다크루나 길드의 길드마스터인 이라한과 타이탄 길드의 길드마스터인 샤크란이었다.

겉으로 보기에는 조용조용 대화를 나누는 것처럼 보였지만, 그들 사이에는 지독한 긴장감이 흐르고 있었다.

이곳은 중부 대륙이었고, 중부 대륙에서는 같은 국가 유저 간의 PK에도 아무런 제약이 없었으니까.

어느 쪽에서 먼저 공격이라도 시도한다면 걷잡을 수 없는 대규모 전투가 벌어질 것이었다.

그리고 그것이 랭킹 1위 길드와 2위 길드 사이의 전투인 만큼, 그 여파는 상당할 것이었다.

샤크란이 너스레를 떨며 입을 열었다.

"하하, 이라한 님, 오해입니다. 저희도 오늘 오전 중에 발견한 곳이어서 곧 다크루나 쪽에도 정보를 드리려던 참이었습니다."

"크흐음……."

서로의 속내는 전부 알고 있지만, 철저한 이해관계에 따라 움직여야 하는 길드마스터인 만큼, 두 사람 모두 행동과 언사에 신중을 기하고 있었다.

이라한이 전쟁의 탑을 슬쩍 보며 샤크란을 향해 물었다.

"그럼 당연히, 우리가 지금 좀 사용해도 되겠지요? 전쟁의 탑 말입니다."

힘 주어 말하는 이라한을 보며, 샤크란은 어쩔 수 없이 고개를 끄덕일 수 밖에 없었다.

지금 다크루나 길드와 맞붙는다면 너무 잃을 게 많았기 때문이었다.

"물론입니다, 이라한 님. 그동안 모아 두신 전공 포인트도 많으실 텐데, 얼른 쓰셔야지요."

샤크란이 손짓하자 타이탄 길드의 길드원들이 양쪽으로 길을 열었고, 전쟁의 탑으로 들어가는 입구가 이라한의 시야에 들어왔다.

"크흠."

샤크란을 한차례 노려본 이라한이 천천히 걸음을 뗴었고, 그 뒤를 따라 다크루나 길드의 길드원들도 빠르게 전쟁의 탑으로 들어섰다.

"빡빡아, 네가 말한 곳이 여기……야?"

-그렇다, 주인. 역시 시간이 너무 오래 지나서 아무도 남지 않았군. 천 년 전에는 무척이나 북적이던 곳이었는데 말이지. 어쨌든 내가 기억하던 장소는 이곳이었다.

이안의 눈앞에 나타난 곳은, 좌우로 넓은 커다란 규모의 건축물이었다.

'딱 봐도 거점지는 아닌데…… 이건 뭘까?'

이안은 건축물의 정보를 확인해 보았다.

전쟁 교역소

고대 중부 대륙의 전사들이 서로의 물품을 교환하고 판매하던 교역소이다. '전공 포인트'를 이용해 교역소의 물품들을 구매할 수 있으며, 아티팩트나 식량, 금화 등으로 '전공 포인트'를 구매할 수도 있다.

그리고 이안의 두 눈이 크게 확대되었다.

'뭐, 뭐야, 이런 데도 있었어? 전공 포인트를 어디에 써야

하나 했더니, 여기에 쓰는 거였구나!'

이안은 아직 '전쟁의 탑'의 존재를 알지 못했다. 그렇기에 전공 포인트를 사용할 수 있는 곳을 처음 발견한 것이었다.

양측 제국군이 대치 중인 중부 대륙 중심 지역을 기준으로, 전쟁의 탑은 서쪽에 자리하고 있었고, 전쟁 교역소는 동쪽에 자리하고 있었다.

그렇기에 서쪽으로부터 들어온 다크루나 길드와 타이탄 길드는 전쟁의 탑을 발견한 것이었고, 이안은 전쟁 교역소를 발견할 수 있었던 것이다.

'일단 한번 들어가 보기나 하자.'

흥미로운 발견에 들뜬 마음이 된 이안은 바로 걸음을 옮겨 교역소의 입구로 발을 내딛었다.

그러자 시스템 메시지가 울려 퍼졌다.

띠링—

—전쟁 교역소를 최초로 발견하셨습니다.

—전공 포인트가 3천 만큼 증가합니다.

—획득한 전공 포인트로, 교역소 내의 물품들을 교환할 수 있습니다.

—전쟁 교역소에는 하루 1회, 30분 동안만 방문할 수 있습니다. 입장하시겠습니까?

이안은 고개를 끄덕이며 입을 열었다.

"입장한다."

그리고 이안의 뒤를 따라 훈이도 입장했다.

카이자르나 세리아, 발람 등도 들어오기는 했지만, 카이자르를 제외하고는 전공 포인트를 별로 모으지 못했기 때문에 큰 의미는 없을 것 같았다.

'전공 포인트로 아이템 같은 걸 구매할 수 있는 곳인가?'

30분이라는 제한 시간이 있었기에, 이안은 최대한 빠르게 건물 내부를 들쑤시고 다니기 시작했다.

그리고 그 결과 한 가지 결론을 내릴 수 있었다.

'아티팩트 같은 걸 팔지는 않네. 식량이나 전쟁물자 같은 걸 주로 교환할 수 있게 되어 있는 거군.'

이안이 지금까지 모은 전공 포인트는 거의 5만에 육박할 정도로 어마어마한 수준이었다.

정확히는 알 수 없었지만, 이 정도의 양이라면 제법 괜찮은 아티팩트같은 것을 살 수도 있으리라 기대했었기에 조금은 아쉬웠다.

하지만 이 척박한 중부 대륙에서 거점지를 키워 내기 위해선 자원이 많이 부족할 것이 분명했으니, 전투를 통해 식량을 공급받을 수 있는 전쟁 교역소는 분명 큰 도움이 될 것이다.

이안이 이런저런 생각을 하고 있을 때, 교역소를 둘러보던 훈이가 입을 열었다.

"아쉽다. 난 전쟁의 탑이기를 기대했는데 말이야."

훈이의 말에 이안이 의아한 표정으로 물었다.

"전쟁의 탑? 그건 뭐지?"

그제야 훈이는 말실수를 했다는 표정을 지었다.

이안이 훈이의 앞으로 다가가 추궁하기 시작했다.

"그게 뭔데? 설마 숨기려고 그러는 건 아니지?"

하지만 훈이가 대답하기도 전에 다른 곳에서 이안의 궁금증을 풀어 주는 음성이 들려왔다.

그건 바로 카이자르의 목소리였다.

"전쟁의 탑은, 전쟁에서 전공 포인트로 고대의 아티팩트나 무기들을 구입할 수 있는 곳이다. 이곳과는 성격이 조금 다르지."

"아하, 그걸 왜 이제 말해 줘, 가신님아?"

이안의 투덜거림에 카이자르가 피식 웃으며 대답했다.

"전쟁의 탑은 위치를 알아도 갈 수 없는 곳에 있다."

"왜 그렇지?"

"카이몬 제국군이 주둔해 있는 서쪽 지역에 있으니까 말이지."

"아하."

일단 아쉬운 것은 아쉬운 것이고, 이안은 이 전쟁 교역소를 어떻게 활용하면 좋을지 생각하기 시작했다.

'전공 포인트 100당 식량 포인트 50이라……. 지금 있는 내 포인트 다 털어 넣으면 병사 생산을 얼마나 할 수 있는 거지? 북부 대륙 기준이면 거의 200기 가까이 뽑을 수 있을 것 같은데…….'

이안은 일단 포인트를 사용하는 것은 보류하기로 했다. 일단 거점지를 하나 점령한 뒤에 비용을 확인하고 계획을 구상해야 할 것 같았다.

'어차피 내일이면 다시 올 수 있을 테니까.'

이안은 주변을 둘러봤다.

높다란 모래언덕에 둘러싸인 지형 덕에 한동안 다른 길드들에 의해 발견될 것 같지는 않았다.

이안도 빡빡이가 아니었다면 찾을 수 없었을 곳이었으니까.

'이럴 줄 알았으면 퀘스트 끝나자마자 사냥하지 말고 거점 점령부터 할 걸 그랬나? 그랬으면 거점 점령 퀘스트도 실패하지 않았을 텐데.'

하지만 그렇게 빨리 움직였더라면 이미 카이몬 제국군과 길드들의 표적이 되어 있었을 것임을 잘 알기에, 이안은 얼른 미련을 접었다.

'일단 다들 접속하기를 기다려 보자.'

이안은 교역소에서 나와 길드원들과 모이기로 했던 장소로 이동하기 시작했다.

그런데 그때.

같은 대륙 안의 모든 유저에게 전해지는 월드 메시지가 이안 시야의 상단에 떠올랐다.

띠링─.

─다크루나 길드의 길드마스터인 '이라한' 유저가 '마젠다의 징표'를

획득했습니다.

  -이제부터 '중립 NPC'로 등장하던 '사막 전사'들이 '다크루나' 길드와 우호적인 관계가 됩니다.

  -'다크루나' 길드의 국적이 카이몬 제국이므로, 사막 전사들은 루스펠 제국과 적대적인 관계가 됩니다.

중부 대륙은 무척이나 넓다.

그리고 당연하겠지만, 아직까지는 텅텅 비어 있는 무주공산이었다.

하지만 그렇다고 해서 비어있는 거점지까지 넘쳐나는 것은 아니었다.

애초에 일정 이상의 조건이 갖춰지지 않으면 거점 포인트 자체가 생성되지 않았는데, 그 조건 중 하나인 인구 수치와 자원 수치가 충족되는 곳이 많지 않기 때문이었다.

현재 중부 대륙에 존재하는 거점지는 대륙의 중앙 지역을 중심으로 약 50여 개가 형성되어 있었다.

사실 랭킹 100위권도 간당간당하는 로터스 길드의 입장에서는 거점지 하나를 점령하여 유지시키는 것이 무척이나 어려운 일이라고 할 수 있었다.

"진성아, 우리는 차라리 거점지가 좀 늘어난 다음에 노려

보는 게 낫지 않을까?"

헤르스의 물음에, 이안은 고개를 저었다.

"너무 늦어. 그때쯤 되면 최상위권 길드들과의 격차는 엄청나게 벌어져 있겠지."

헤르스의 말처럼, 거점지는 시간이 지나면 늘어난다.

존재하는 거점지들이 발전하면 자연히 인구밀도가 늘어나고 자원이 풍족해지며, 그것은 주변에도 영향을 끼치기 때문이었다.

하지만 이안은 그때까지 기다릴 생각이 없었다.

사실 지금도 충분히 기다렸다는 게 그의 생각이었으니까.

그리고 그때까지 기다린다고 해서 수월하게 거점지를 차지할 수 있을 것이라는 보장도 없었다.

'어떻게든 버텨 내기만 하면, 이번만큼 치고 올라가기 좋은 기회도 없을 거야.'

중부 대륙에 거점지를 하나 추가시키면, 북부 대륙에 있는 로터스 영지의 등급도 대영지로 승급시킬 수가 있었다.

여러 가지 면에서 봤을 때 중부 대륙의 거점지는 무척이나 매력적이었다.

피올란이 이안에게 물었다.

"생각해 둔 위치는 있으세요?"

이안이 고개를 끄덕였다.

"지금 양측 제국군이 대치하고 있는 전방지역 근처에 괜찮은 거점이 한 군데 있더라고요."

그 말에 피올란의 두 눈이 휘둥그레졌다.

"네에? 거긴 너무 전방 아닌가요? 잘못해서 제국군 사이에 벌어진 대규모 전투에 휩쓸리기라도 하면 초토화될 텐데……."

하지만 이 부분은 이안도 충분히 생각했던 것이었기에, 순순히 고개를 끄덕이며 입을 다시 열었다.

"확실히 위험성이 크기는 하죠. 대신에 장점도 있습니다."

헤르스가 물었다.

"장점이 뭔데?"

"일단, 방금 피올란 님이 말씀하셨던 리스크 때문에 길드 간 경쟁률이 무척이나 낮아. 아마 타이탄이나 다크루나 길드에서도 이런 애매한 영지를 점령하기 위해서 전력을 소모하고 싶지는 않을 거다. 결과적으로 우리는 카이몬 제국의 제국군만 잘 막아 내면 되는 거지."

피올란이 천천히 고개를 주억거렸다.

"일리 있네요. 하지만 그 정도 이점만으로는 메리트가 부족하지 않을까요? 제국군에게 수시로 공격받는다면 거점지 발전 자체가 거의 불가능할 테니까요. 매번 초토화될 텐데, 작물이 자라고 인구가 늘어날 시간이 있겠어요?"

헤르스도 그녀의 말에 동의하며 고개를 주억거렸다.

"맞아, 쓸데없이 자원만 낭비하는 게 될 수도 있어. 자원이 없으면 병력을 생산하는 것도 불가능하니까."

두 사람의 걱정은 사실 당연한 것이었다.

거점지는 점령한다고 끝이 아니었다.

점령한 뒤에 유지하고, 투자한 비용 이상을 창출해 내기 위해선 안정성이 보장되어야 하는 것이었다.

하지만 이안에게는 계획이 있었다.

이안이 천천히 입을 열었다.

"자원은 전공 포인트로 수급하면 됩니다."

빡빡이 덕에 찾아낸 전쟁 교역소의 존재가 이안이 이런 발상을 할 수 있게끔 만들어 줬던 것이다.

전쟁 교역소에 대해 모르는 헤르스와 피올란이 의아한 표정이 되었고, 헤르스가 물었다.

"전공 포인트로 자원 수급을 어떻게 한다는 거야? 전공 포인트 사용할 수 있는 방법을 찾았어?"

이안이 고개를 끄덕였다.

"응, 여기 오기 직전에."

그리고 이안은 두 사람에게 전쟁 교역소의 기능에 대해서 설명을 해 주었다.

설명을 다 들은 피올란은 고개를 끄덕였다.

"과연, 해 볼 만한 전략이네요. 전공 포인트 수급량이 식량 소모량보다 많기만 하다면요."

이안은 고개를 주억거리며 대답했다.

"그렇죠. 그 부분이 가장 큰 관건이죠. 하지만 최전방에서 계속해서 카이몬 제국군들을 막아 내다 보면 전공 포인트는 부족하지 않을 것 같다는 게 제 생각입니다."

이안의 경험상 적국 소속의 유저나 NPC를 잡으면 일반 몬스터보다도 훨씬 많은 양의 전공 포인트를 얻을 수 있었다.

그렇기에 자신 있게 하는 말이었다.

"흐음……."

어느 정도 방향성을 잡은 세 사람은 구체적인 계획을 세워 나가기 시작했다.

그리고 잠시 후, 루스펠 제국군의 행렬에 합류하여 중부 대륙 진입에 성공한 길드 후발대 인원까지 모두 도착했으며, 전력이 다 모인 로터스 길드는 천천히 움직이기 시작했다.

목적지는 최전방의 거점지였다.

"솔린, 저 깃발이 뭔지 아나?"

둔덕 아래쪽으로 제법 큰 규모의 유저들이 움직이는 것을 보며, 이라한은 의아한 표정이 되었다.

이 시점에 중부 대륙에 들어와 있을 만한 길드라면 최상위권 길드일 것임이 분명한데, 완전히 처음 보는 길드 문양이었던 것이다.

"저도 잘…… 모르겠습니다, 마스터. 확실한 건 20위권 길드에는 저런 깃발이 없습니다."

솔린과 이라한, 두 사람이 보고 있는 깃발은 다름 아닌 로터스의 깃발이었다.

그리고 로터스 길드는 최전방의 거점지에 자리를 잡고 점령 작업에 몰두하고 있었다.

이라한은 흥미로운 표정이 되었다.

"지금 한번 길드 목록 열어서 찾아보도록. 못해도 30위권 안에는 있을 테니, 금방 찾겠지."

"예, 알겠습니다, 마스터."

하지만 솔린이 로터스 길드의 길드 마크를 찾는 데는 제법 시간이 걸렸다.

로터스 길드의 순위가 100위권이었기 때문이었다.

"저…… 마스터님."

"왜 그래?"

"저 길드 마크…… 로터스 길드라는 곳의 길드 문양입니다."

이라한의 두 눈이 약간 커졌다.

"로터스?"

"예, 마스터."

"완전히 처음 들어보는데?"

"그러실 수밖에 없습니다. 현재 길드 랭킹이 107위에 랭크

되어 있으니까요."

"⋯⋯."

이라한은 당황한 표정이 되었지만, 곧 다시 입꼬리가 말려
올라갔다.

흥미가 생긴 것이었다.

"한번 덮쳐 볼까? 어떻게 생각해, 솔린?"

지금 다크루나 길드의 주요 전력은 각각 거점지를 지키느
라 많이 빠져나가 있었지만, 정찰대의 전력만으로도 107위
길드 정도는 손쉽게 쓸어 버릴 수 있을 것이라는 게 이라한
의 생각이었다.

그리고 그것은 크게 틀린 생각도 아니었다.

하지만 솔린이 고개를 저었다.

"일단 지금은 자제하는 게 나을 것 같습니다, 마스터."

이라한이 피식 웃었다.

"저 뒤쪽의 루스펠 제국군 때문에?"

이라한이 턱짓으로 가리킨 방향에는 루스펠의 제국군들이
주둔하고 있었고, 솔린은 고개를 끄덕였다.

"그렇습니다. 자칫 대규모 전투로 이어질 수 있습니다. 일
단 점령한 3개의 거점을 완벽히 안정권으로 만들기 전까지는
조심하는 것이 좋을 것 같습니다."

이라한은 웃으며 고개를 끄덕였다.

그의 생각도 그녀와 다르지 않았다.

"하긴, 저 거점지는 빼앗아 봐야 이득될 것도 없으니까. 전장 한복판에 거점지라니…… 길드마스터가 누군지는 모르지만 덜떨어진 건지, 무모한 건지."

하지만 혀를 차는 이라한과는 달리, 솔린은 눈을 빛내고 있었다.

'100위권의 길드라면 어차피 제대로 된 거점을 얻어 내는 것은 불가능할 테니, 틈새시장을 노린 건가? 하지만 그렇다고는 해도 정말 저기서 얻어 낼 게 없을 텐데.'

이런저런 생각을 하고 있는 솔린을 향해 이라한이 다시 입을 열었다.

"솔린."

"예, 마스터."

"우리가 직접 나서는 건 좀 무리가 있는 것 같으니까 그럼 이 기회에 마젠다의 징표나 한번 시험해 볼까?"

생각지 못한 이라한의 말에, 솔린의 커다란 두 눈이 살짝 확대되었다.

"사막 전사들을 써 보시려는 겁니까?"

이라한이 고개를 끄덕였다.

"맞아. 내 생각대로라면 사막 전사들만으로도 초토화시킬 수 있을 것 같아 보인단 말이지."

"좋은 생각인 것 같습니다, 마스터."

솔린이 빙긋 웃으며 고개를 숙여 보였다.

그녀 또한 새로운 전력이 된 '사막 전사'들의 힘이 어느 정도인지 알고 싶었던 것이다.

　–'홀드림의 성배'를 사용합니다.
　–거신족 황제인 '홀드림'의 영혼이 담긴 성수가 척박한 대지를 풍요롭게 만듭니다.
　–거점지 점령을 위해 소요되는 시간이 대폭 줄어듭니다.
　–거점지 점령까지 남은 시간 – 05:24:33
　연이어 떠오르는 메시지를 보며 이안은 만족스런 표정이 되었다.
　"확실히 기가 막히는 아티팩트란 말이지."
　그리고 한편으로는 아쉽기도 했다.
　'우리 길드가 10위권 길드만큼 강했으면, 성배발로 거점지 서너 군데 정도는 추가로 점령할 수 있었을 텐데…….'
　그래도 성배가 적국의 손에 넘어가지 않은 것만은 정말 다행이라고 할 수 있었다.
　이안은 옆에서 놀고 있던 뿍뿍이를 향해 시선을 돌렸다.
　"뿍뿍이, 너는 요즘 팔자 좋다?"
　뿍–?
　"너 요즘 실업자잖아. 내가 근접전을 거의 안 하니까 말이야."

뿍뿍이는 기분 좋은 표정으로 고개를 끄덕였다.

뿍— 뿌뿍—!

"형이 미안하다. 빨리 네 일자리를 만들어 줘야 하는데. 조금만 기다려, 뿍뿍아. 금방 일자리 창출해 줄 테니까."

뿍뿍이는 떨리는 눈망울로 고개를 거세게 저었다.

뿍— 뿌뿍—!

그런 그를 보며 옆에 있던 빡빡이가 이안을 불렀다.

—주인.

"왜, 빡빡아."

—뿍뿍이에 대해서 얼마나 알고 있는가?

"음……?"

의외의 질문에 잠시 당황한 이안은 뒷머리를 긁적이며 대답했다.

"글쎄…… 이상한 소리 내는 대두 거북이라는 정도?"

그 대답에 분노한 뿍뿍이가 이안에게로 달려들었다.

뿍— 뿌뿍—!

무시무시한 기세로 이안의 정강이에 박치기를 하는 뿍뿍이었지만, 대미지가 있을 리 없었다.

피식 웃은 이안이 빡빡이를 향해 물었다.

"빡빡이, 너는 얘에 대해서 아는 게 좀 있어?"

빡빡이가 고개를 끄덕였다.

─나도 잘은 모르지만, 그래도 형제의 종족이기 때문에 몇 가지 아는 것이 있다.

이안이 두 눈에 이채를 띠었다.

"오, 뭔데?"

빡빡이의 말이 이어졌다.

─나는 사막의 종족이지만, 뿍뿍이는 심연의 종족이다. 심연의 종족이 귀룡이 되기 위해선 두 가지 방법이 있는 것으로 안다.

'귀룡'이라는 말에 이안의 표정이 일변했다.

'귀룡이 되는 거라면, 분명 진화를 말하는 거겠지?'

이안이 얼른 빡빡이를 향해 다시 물었다.

"어떤 방법인데? 빨리 알려 줘. 저 식충이 빨리 진화시켜서 부려 먹어야 한단 말이야."

찌릿─.

뿍뿍이가 이안을 째려봤지만, 이안은 아랑곳하지 않았다.

빡빡이의 말이 이어졌다.

─우선 첫 번째 방법은, 내가 진화했던 것처럼 귀룡의 여의주를 얻어 사용하는 것이다. 하지만 귀룡의 여의주를 사용해 진화한다면 승천은 할 수 없게 되지.

"승천……?"

─그렇다. 승천하기 위해선 여의주의 힘의 도움 없이 진화에 성공해야 한다. 여의주는 일생에 단 한 번만 사용이 가능한데, 진화에 여의주를 사용해 버리면 승천할 때는 사용할 수 없게 되기 때문이다.

하지만 이안은 아리송한 표정이었다.

그도 그럴 것이 '승천'이라는 개념이 뭔지를 몰랐기 때문이었다.

"승천이 뭔데? 승천하면 어떻게 되는 건데?"

이안의 물음에 빡빡이가 천천히 대답했다.

-나도 전설 속에서 전해져 내려오는 이야기라 정확히는 모르지만, 승천에 성공한 귀룡은, 귀룡들의 왕이자 신적인 존재가 된다고 들었다. 심연의 종족인 뿍뿍이가 승천에 성공한다면 물의 힘을 자유자재로 사용할 수 있는 수룡이 될 것 같다.

"오……!"

뭔지 정확히는 알 수 없었지만 잘 모르고 들어도 엄청난 스케일이 느껴지는 빡빡이의 설명에 이안의 입이 쩍 벌어졌다.

뿍?

게다가 별로 관심이 없던 뿍뿍이조차도 빡빡이의 말에 제법 관심을 갖기 시작했다.

"그럼 여의주 말고 뿍뿍이가 귀룡이 될 수 있는 방법을 얘기해 줘 봐."

이안의 재촉에, 빡빡이의 입이 다시 떨어졌다.

-주인, 혹시 내가 주었던 '귀혼'이라는 물건을 기억하는가?

이안은 곧바로 고개를 끄덕였다.

귀혼은 뿍뿍이에게 착용시켜 놓고 유용하게 사용 중인 부적 아이템이었던 것이다.

"응, 물론 기억하지."

─그 귀혼은 내가 지난 몇 백 년에 걸쳐 만들어 낸 '에너지의 정수'라고 할 수 있다. 이 귀혼을 총 3개 모아서 '물의 제단'이라는 곳에 찾아가면 아마 뿍뿍이가 귀룡이 될 수 있을 거다.

이안의 표정이 살짝 굳었다.

차라리 레벨 업이라던가 퀘스트를 해야 한다고 하면 어떻게든 해 내서 뿍뿍이를 진화시키겠는데, 귀혼이라는 아이템은 어디서 구해야 하는지도 모르기 때문이었다.

"귀혼은 어디서 얻을 수 있는데?"

빡빡이가 뿍뿍이를 응시하며 대답했다.

─뿍뿍이 스스로 만들어 낼 수 있다. 아니면 나처럼 내단을 가지고 있는 동족을 찾아가 양보받아야 하지.

이안의 시선이 뿍뿍이를 향했다.

"야, 뿍뿍아, 너 내단 있냐?"

순간 뿍뿍이가 흠칫 놀란 표정을 지었다.

뿌웅?

그 모습에서 느낌이 온 이안은 뿍뿍이를 다그치기 시작했다.

"야, 있으면 빨리 뱉어 봐. 너 진화할 수 있다잖아. 저기 빡빡이처럼 멋있어질 수 있는 거야."

그러나 뿍뿍이는 억울한 표정이 되어 고개를 도리도리 저었다.

그런데 그때, 멀찍이서 길드원 하나가 허겁지겁 달려오는 것이 보였다.

"이안 님, 큰일 났습니다!"

"네?"

"서쪽에서 사막 전사들이 나타났습니다!"

이안의 시선이 길드원이 가리킨 방향을 향해 돌아갔고, 그곳에는 수십은 되어 보이는 사막 전사들이 거점지를 향해 다가오고 있었다.

이안의 표정이 살짝 굳어졌다.

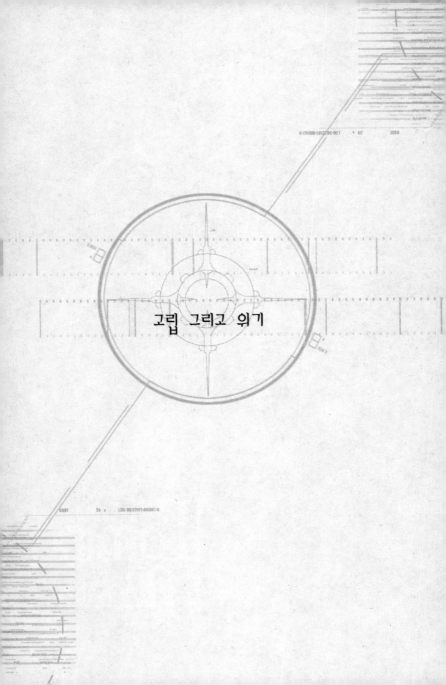

고립 그리고 위기

Taming
Master

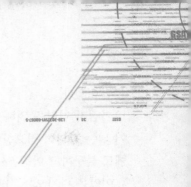

"전투 준비! 얼른 접속 안 한 길드원들 전부 다 불러요, 어서!"

이안의 다급한 외침에, 길드 채팅방은 불붙은 듯 수많은 글이 올라왔다.

그도 그럴 것이 사막 전사들의 숫자가 제법 많아 보였던 것이다.

'거점지 점령 이후라면 어렵지 않게 상대할 만한 전력이지만 저걸 지키면서 싸워야 한다니…….'

이안의 시선이 머무른 곳에는 새파란 빛을 뿜어 내며 빛나고 있는 거대한 수정이 두둥실 떠 있었다.

그것은 바로 거점지의 심장이라고 할 수 있는 '블루 크리스틸'이었다.

거점지 점령을 위해서는 블루 크리스털에 길드 문양을 새겨 넣는 작업이 필요한데, 성배를 사용해 시간을 단축시켰음에도 불구하고 아직 5시간은 더 필요한 상태였다.

이안은 다가오는 사막 전사들을 보며 소환수들을 전부 소환했다.

"라이, 할리, 핀 소환!"

그리고 뒤쪽에서 다가온 세리아도 떡대와 블루 와이번을 소환했다.

소환된 라이가 크게 기지개를 켜며 입을 열었다.

-주인, 전투인가?

라이의 물음에 이안이 고개를 끄덕이며 대답했다.

"응, 저기 몰려오는 거 보이지?"

다가오는 사막 전사들을 보며, 라이가 낮게 으르렁거렸다.

-오랜만에 재밌는 전투가 되겠군.

라이의 말에 옆에 서 있던 빡빡이가 어이없다는 듯 말했다.

-너 바로 아까까지만 해도 피터지게 싸웠던 걸 벌써 잊은 건 아니겠지?

라이가 고개를 끄덕였다.

-물론이다. 하지만 무려 3시간이나 쉬었다. 자는 시간을 제외하고 이렇게 오래 쉬다니, 있을 수 없는 일이군. 몸이 근질거린다.

-…….

이안과 가장 오랜 시간을 함께한 소환수다운 멘트를 날리는 라이였다.

뽁뽁이는 어쩐지 애잔한 표정으로 라이를 응시하고 있었고, 반면에 이안은 무척이나 뿌듯한 표정이었다.

'내가 라이 하나는 정말 잘 키웠단 말이지.'

그리고 잠시 후 사막 전사들 중 가장 선두 그룹이 거점지의 지척까지 다다르자, 이안이 명령을 내리기 시작했다.

"유현아, 일단 접속해 있는 기사 클래스분들 먼저 끌고 앞으로 가서 어그로 좀 끌어 줘!"

"오케이."

그리고 빡빡이를 향해 시선을 옮겼다.

"빡빡아, 네가 제일 앞쪽에서 버텨 줘야겠다."

-알겠다, 주인. 그러도록 하지.

쿵- 쿵-.

빡빡이가 거구를 움직여 앞으로 나아가자, 세리아도 떡대에게 명령을 내려 그를 따르게 했다.

그리고 이안은 로터스 길드의 문양이 그려진 거대한 전고戰鼓를 두들기기 시작했다.

커다란 북소리가 허공에 울려 퍼졌다.

둥- 둥- 둥-!

그리고 곧이어 모든 로터스 길드 유저들에게 버프가 걸렸다.

-용맹의 전고가 울려 퍼집니다.

-로터스 길드 소속의 모든 병사들의 사기가 20퍼센트만큼 증가합니다.

-로터스 길드 소속의 모든 유저들의 전투 능력치가 20분 동안 15퍼센트만큼 상승합니다.

길드 버프까지 전부 다 발동시킨 이안은 이제 소환수들을 바쁘게 움직이기 시작했다.

물론 보유 중인 버프를 전부 다 발동시키는 것이 우선이었다. 대규모 전투일수록 광역 버프가 전투에 미치는 영향은 어마어마했으니까.

"핀, 제왕의 포효!"

이안의 명령이 떨어지자마자 허공으로 빠르게 솟구쳐 올라간 핀이 하늘을 향해 크게 울부짖었다.

끼아아오-!

-소환수 '핀'의 고유 능력인 '제왕의 포효'가 발동됩니다.

-반경 50미터 이내의 모든 아군의 민첩성이 10분 동안 30퍼센트만큼 증가합니다.

-반경 50미터 이내의 모든 적군의 움직임이 10분 동안 30퍼센트만큼 느려집니다.

핀의 포효를 기점으로 그야말로 난전이 시작되었다.

이안은 직접 전투에 뛰어들기보다는 지속적으로 전황을 살피며 전장을 지휘해 나가기 시작했다.

'피해를 최소화시켜야 해. 이들만 막아 낸다고 끝이 아니니까.'

비교적 단순한 전투 패턴을 가진 사막 전사들이었지만, 레벨 자체가 전반적으로 로터스 길드의 전력보다 20 이상 높다보니 전투 양상이 무척이나 빠듯하게 흘러가고 있었다.

챙— 채앵—!

사막 전사들은 말에 탄 채로 하얗게 반짝이는 언월도를 이리저리 휘둘러 댔다.

후웅—!

소리만 들어도 그 파괴력이 얼마나 위협적인지 알 수 있었기에, 로터스 길드원들은 최대한 긴장한 상태로 적들을 상대했다.

"피올란 님, 우측 전방 지원 좀 해 주세요!"

"옛!"

"카윈, 너는 그 자리 계속 지켜 주고 클로반 형, 놈들 수정으로 접근 못 하게 좀 막아 줘!"

"오케이!"

그래도 겹겹이 부여된 버프들과 이안의 일사분란한 지휘 덕인지, 로터스 길드는 사막 전사들을 제법 훌륭하게 막아 내고 있었다.

그리고 이 난전 중에도, 이안의 소환수들은 발군의 활약을 보이고 있었다.

특히, 새로 영입된 빡빡이의 능력은 놀라울 정도였다.

–소환수 '빡빡이'의 고유 능력인 사막의 수호자 스킬이 발동됩니다.

–소환수 '빡빡이'가 20초 동안 최대 생명력의 30퍼센트만큼의 피해를 흡수할 수 있는 보호막을 생성합니다.

그렇지 않아도 버프를 포함하면 거의 5천에 육박하는 무지막지한 방어력을 자랑하는 빡빡이인 데다가, 패시브 스킬로 인해 보호막까지 생성시키자 거의 생명력이 줄어들지를 않았다.

–소환수 '빡빡이'가 사막 전사에게 치명적인 피해를 입혔습니다.

–'사막 전사'의 생명력이 9,870만큼 감소합니다.

그렇다고 공격력이 약한 편도 아니었다.

그야말로 훌륭한 딜러 겸 탱커였다.

이안은 흡족한 표정으로 빡빡이의 활약상을 지켜보았다.

'레벨도 높고 등급도 높아서이긴 하겠지만, 확실히 떡대에 비해서는 훨씬 잘 버텨 주네.'

게다가 지정 대상의 피해를 대신 받아 주는 '귀룡의 가호' 능력 덕에 라이도 전장 한복판에서 날아다니고 있었다.

–소환수 '빡빡이'가 소환수 '라이'에게 고유 능력 '귀룡의 가호'를 사용합니다.

–2분 동안 '라이'의 피해를 '빡빡이'가 대신 받습니다('빡빡이'는 원래 피해의 150퍼센트만큼의 피해를 입게 되며, 생명력이 10퍼센트이하로 떨어지면 스킬이 자동으로 해제됩니다).

이안이 라이를 향해 소리쳤다.

"라이야, 안쪽으로 가서 더 휘저어 줘!"

-알겠다. 주인.

이안의 맹활약에도 불구하고, 전투 초반에는 피해가 속출할 수밖에 없었다.

중부 대륙에 도착한 지 얼마 되지 않은 유저들이 적응이 덜 되었는지 우왕좌왕했기 때문이다.

하지만 전투가 진행될수록 점점 더 로터스 길드의 유저들은 안정을 찾아 갔고, 사막 전사들의 숫자는 하나둘 줄어들기 시작했다.

그런데 그때, 이안의 귓전으로 낯익은 목소리가 들려왔다.

"여신의 축복!"

-길드원 '하린'이 '여신의 축복' 스킬을 사용합니다.

-모든 면역력이 20퍼센트만큼 증가합니다.

이안은 그 목소리에 슬쩍 고개를 돌렸다.

그리고 그곳에는 하린이 있었다.

이안은 조금 당황한 표정이 되었다.

"어? 하린이 너도 여기 왔어?"

하린의 레벨은 중부 대륙에 오기에는 너무 낮았기 때문이다.

그래서 하린에게는 로터스 영지에 남아 있으라고 얘기했었기에, 당연히 그쪽에 있는 줄로만 알았던 것이었다.

놀라는 이안을 보며 하린이 양 볼을 부풀렸다.

"야, 길드원 전부 움직일 때 안 따라오면, 내가 여기 올 방법이 있겠어? 그러면 최소 몇 주일 동안은 심심하게 혼자서 게임해야 하잖아."

이안은 뒷머리를 긁적이며 중얼거리듯 말했다.

"그래도 위험한데……."

하린이 들고 있던 지팡이로 이안의 등허리를 가격하며 말했다.

"됐고, 내가 알아서 할 거니까 빨리 전투에나 신경 써. 저기 카윈이 지금 위험하네."

하린의 말에 이안은 반사적으로 움직여 할리와 라이에게 지시를 내렸고, 생명력이 거의 바닥까지 떨어졌던 카윈이 가까스로 목숨을 건질 수 있었다.

이제는 아예 할리의 등에 올라타 정신없이 전장을 누비는 이안을 보며, 하린은 고개를 절레절레 저었다.

"어휴, 진짜 게임에 쓰는 에너지 반의반 정도만이라도 나한테 투자해 주면 얼마나 좋을까."

중얼거리는 하린을 보며, 옆에서 마법을 캐스팅하던 피올란이 피식 웃었다.

"그거 너무 큰 욕심 아니에요, 하린 님?"

그녀의 말에 하린이 쌍심지를 켰다.

"아니, 반도 아니고, 반의반 정도가 욕심이에요? 피올란 님까지 이러시기예요?"

하린이 울상을 짓는 모습을 보며, 피올란이 실소를 흘렸다.

"이안 님 인생의 거의 100퍼센트가 게임인 거 같은데 그 4분의 1이면 25퍼센트나 되잖아요. 그 정도면 욕심이죠."

제법 설득력 있는 피올란의 논리에 하린은 순간 말문이 막힐 수밖에 없었다.

"그, 그런가요?"

작은 소란(?)이 있었지만, 어찌 되었든 1시간여에 걸쳐 진행된 전투 끝에 로터스 길드는 큰 피해 없이 사막 전사들을 막아 내는 데 성공했다.

병사들을 제법 많이 잃기는 했지만 사망한 길드원은 서른 명 정도밖에 되지 않았고, 이 정도의 피해는 처음 생각했던 것보다 훨씬 양호한 수준이었다.

그리고 전투가 끝나자, 시체로부터 빨려 들어오는 보랏빛 기류를 보며, 이안의 두 눈이 조금 커졌다.

'어? 영지전 이후로 이렇게 보랏빛 기류가 만들어진 적은 없었는데?'

이안은 서둘러 인벤토리를 열고 오랜만에 카르세우스 알의 정보를 확인해 보았다.

카르세우스의 알

부화율 : 57퍼센트

그리고 두 눈이 휘둥그레졌다.

며칠 전 확인했을 때 40퍼센트가 채 되지 않던 부화율이 거의 20퍼센트 가깝게 차올랐기 때문이었다.

'대체 기준이 뭘까? 어떤 전투를 해야 부화율을 빨리 채울 수 있는 거지?'

영롱하게 빛나는 신룡의 알을 보며, 이안은 가슴이 두근거리는 것을 느꼈다.

'이 녀석만 깨어나면…… 이젠 진짜 최상위권 랭커들도 상대해 볼 만하겠어.'

신룡에 대한 기대를 잠시 접어 둔 이안은 알을 다시 인벤토리에 집어넣은 뒤 장내를 수습하기 시작했다. 이안으로서도 중부 대륙에 들어온 뒤 손에 꼽을 정도의 대규모의 전투였기에, 드롭된 전리품들도 상당했다. 마지막으로 블루 크리스털의 상태를 확인한 이안이 속으로 중얼거렸다.

'그나저나 시간 더럽게 안 가네. 아직도 4시간 넘게 남았다니…….'

거점지가 완성될 때까지 별 탈 없기를 빌며, 이안은 소환수들을 치료하기 시작했다.

중부 대륙이 열리고도 한동안은 고요하기만 하던 전장 곳곳에서, 드디어 대규모의 전투들이 벌어지기 시작했다.

양 제국의 제국군의 후속 부대까지 전부 다 중부 대륙에 모였으며, 어지간한 상위권 길드들도 전부 입성했기 때문이었다.

덕분에 연일 커뮤니티의 메인 페이지는 중부 대륙의 전투 결과에 관한 기사들로 도배되었다.

−마검사 '이라한'을 필두로 파죽지세의 기세를 뿜어내는 다크루나 길드

−마젤란의 징표, 밸런스 붕괴 아이템 논란

−루스펠 제국군 방어선, 무너지기까지 초읽기

컴퓨터 앞에 앉아 시리얼을 먹으며 커뮤니티를 살피던 진성이 중얼거렸다.

"음…… 제국군 방어선 무너지면 안 되는데."

대규모로 공격해 온 사막 전사들을 막아 낸 뒤에도 자잘한 몬스터들의 침입이 있기는 했지만, 로터스 길드는 결국 거점지를 점령하는 데 성공했다.

하지만 역시 거점지 점령의 일등 공신은 홀드림의 성배였다.

성배가 아니었더라면 거점 점령에 성공하기도 전에 카이몬 제국군에 공격당했으리라.

기사를 계속 읽어 내려가던 진성이 다시 중얼거렸다.

"이제 거점지 수성은 유현이한테 맡기고, 최전방으로 나가서 방어선 사수를 도와야 하나……."

커뮤니티 메인 기사에 언급되었듯, 카이몬 제국의 전력이 압도적인 우세를 보이고 있었다.

그리고 그 배경에는 이라한이 보유하고 있는 '마젤란의 징표'라는 아이템이 있었다.

마젤란의 징표로 인해 중립 NPC였던 사막 전사들이 카이몬 제국의 편으로 돌아섰고, 그들이 전장 곳곳에서 게릴라 전술을 펼치는 탓에 루스펠 제국군이 연전연패를 당하고 있었다.

사막 전사들의 전력은 루스펠 제국군의 전력과 비교하면 많이 떨어지는 편이었지만, 루스펠과 카이몬 제국군의 전력이 팽팽할 정도로 막상막하였기에 무게의 추가 기울어진 것이다.

'거점지 사수도 방어선이 무너지지 않았을 때 얘기지, 만약 방어선 무너지고 적진 한복판에 고립되면 그땐 정말 답이 없을 거야.'

시리얼을 다 먹은 이안은 서둘러 캡슐에 들어가 앉았다.

어렵게 얻어 낸 거점지를 무력하게 빼앗길 생각은 없었다.

"자자, 이쪽으로 질서 있게 모여 주세요. 곧 전투가 벌어질 겁니다."

　중부 대륙 루스펠측 최전방 기지는 전투 참여를 위해 모여든 루스펠 제국 소속의 유저들로 인산인해를 이루고 있었다.

　최전방 전투는 어지간해서는 죽음을 면하기 어려울 정도로 위험했지만 그럼에도 많은 유저들이 전장을 찾는 이유는 분명히 있었다.

　그 이유는 크게 두 가지로 정리할 수 있었는데, 첫째로는 역시 일반 퀘스트를 할 때는 얻기 힘든 막대한 명성치였고, 둘째로는 좋은 아티팩트나 퀘스트를 얻기 위해 필요한 '황실 공헌도'를 가장 쉽게 얻을 수 있는 방법이 최전방 전투였기 때문이었다.

　물론 거대 길드 소속의 유저들은 길드에 속한 채 전투를 치르는 것이 더 득이 많았기 때문에 찾아오지 않았지만, 소속된 길드가 없거나 중부 대륙에 진출하기 힘든 중소 길드 출신이면서 100레벨 이상인 유저들은 거의 대부분 이 최전방 기지에 모여 들었다고 생각해도 과언이 아니었다.

　그리고 많은 인파가 몰려 있었기 때문에 시끄러운 것은 당연했다.

　"야, 근데 만약 전투 시작하자마자 죽어 버리면 어떡해? 그럼 명성치고 공헌도고 얼마 얻지도 못하고 레벨만 하나 날리는 거잖아."

　"그럴 일은 없겠지만, 만약 시작하자마자 죽어도 큰 손해는 아니야. 기본적으로 참가하는 것만으로도 명성 1만에 공헌도 1천이 생기거든. 내가 아는 랭커 전사분 어제 혼자서 적 병사 몇십 잡으셨는데, 명성 5만 넘게 얻으셨더라. 공헌도도 거의 1만인가?"

"에이, 병사 말고 기사도 막타 몇 번 친 거 아니야? 병사만 잡았는데 명성 5만이나 나온다고?"

"아냐, 그분 레벨 130정도신데, 기사는 못 건드리겠다고 하더라고. 카이몬 기사들 거의 140레벨 이상이래."

"크으, 기사는 그럼 명성 얼마나 줄까? 경험치도 많이 주겠지?"

그리고 각자 이런저런 이야기를 하며 용병 등록을 기다리는 제국 유저들 사이에 이안도 줄을 서 있었다.

'거참, 절차 엄청 복잡하네. 헬라임한테 바로 찾아갈 걸 그랬나?'

헬라임에게 바로 찾아갔으면 아마 쉽게 용병 등록을 할 수 있었겠지만 전방 막사는 너무도 넓었고, 헬라임이 어디에 있는지 알 방법이 없는 것이 문제였다.

이안은 목을 쭉 빼서 길게 늘어서 있는 줄 앞쪽을 한번 확인해 보고는 속으로 투덜거렸다.

'아오, 얼마나 더 기다려야 되는 거야? 시간 아까워 죽겠네.'

그런데 그때, 누군가 낯익은 목소리가 이안을 불렀다.

"저기…… 혹시 이안 자작님 아니십니까?"

이안은 자신의 이름을 부르는 목소리에 반사적으로 고개를 돌렸고, 그곳에는 말을 탄 채 이안을 응시하고 있는 루스펠 제국 소속의 기사 하나가 서 있었다.

이안은 순간 당황했다.

'누구지? 어떻게 나를 아는 거지?'

어디선가 본 것 같기도 했지만, 기억이 잘 나지 않았다.

이안은 당황한 기색을 지우고는 그를 향해 물었다.

"네, 맞습니다만…… 누구신지?"

그리고 이안의 의문점은 금방 해결되었다.

"아, 자작님 맞으시군요! 기억 못 하시다니 조금 섭섭합니다, 하핫. 헬라임 근위대장님 모시고 있는 부관 '발터'입니다. 바로 며칠 전까지 같이 홀드림 사냥에 참여하시지 않으셨습니까?"

설명을 다 듣자, 이안은 상대의 얼굴이 기억나기 시작했다.

아니, 사실 기억이 나지 않더라도 기억나는 척을 해야만 했다.

'아자, 땡잡았다!'

이안은 얼굴을 환하게 밝히며, 그를 향해 손을 내밀었다.

"아하, 발터 경! 제가 큰 실수했군요, 어찌 기억하지 못하겠습니까? 발터 경 덕에 지하 던전을 얼마나 수월하게 사냥했는데요, 하하!"

발터는 곧바로 말에서 내려 이안의 손을 맞잡으며 예를 취하였고, 그들 주변은 삽시간에 웅성이기 시작했다.

"뭐야, 저 유저 황실 근위 기사랑 친분이 있잖아?"

"대체 누구지? 랭커나 유명인들은 전부 거대 길드 소속이라 여기 있을 리가 없는데? 근위 기사가 저렇게 친한 척할 정도면 엄청 거물 아니야?"

"게다가 황실기사가 먼저 말을 걸었다고!"

여기저기서 이안에 대한 부러움과 그의 정체에 대한 추측이 난무할 때, 누군가가 큰 소리로 외쳤다.

"나 저 사람 알아!"

"누군데?"

"있잖아, 이번 대규모 업데이트 트레일러 영상에 나왔었던 소환술사, 그 사람이야!"

"맞아, 이안, 이안이다!"

이안은 생각지도 못한 상황에 움찔했다.

하지만 이것은 당연한 수순이었다.

이안의 인지도는 어느새 어지간한 랭커들에 비견될 정도로 올라와 있었으니까.

다만 그 인지도의 지분이 거의 소환술사 유저를 포함한 신규 직업 유저들에 몰려 있었기 때문에, 일정 수준 이상 고레벨만 모여 있는 이 전장에서 알아보는 사람이 조금 늦게 나온 것일 뿐이었다.

중부 대륙에 입성할 수 있는 신규 직업 유저들 숫자 자체가 정말 극소수였던 것도 있지만 말이다.

특히 레벨 업이 힘든 소환술사의 경우에는 중부 대륙에 입성할 수 있는 능력을 가진 유저가 거의 열 손가락에 꼽을 수 있을 정도다.

사람들의 반응이 어찌 되었든, 이안은 얼굴에 철판을 깔고 발터와의 이야기를 이어 나갔다.

"발터 경, 혹시 제가 부탁 하나 드려도 되겠습니까?"

"말씀만 하십시오, 제가 할 수 있는 것이라면 당연히 들어드려야지요."

이안은 생각보다 더 호의적인 반응에 조금 놀랐지만, 곧 고개를 주억거렸다.

'내가 그동안 왕실 기사단이랑 퀘스트한 게 몇 번인데, 친밀도가 높은 게 당연한 거지.'

그리핀 부화 퀘스트부터 시작해서 포로 구출 작전 등 굵직굵직한 제국 퀘스트를 해 온 이안이었다.

특히 고대 유적, 홀드림의 무덤 던전 안에서 기사들을 훌륭히 지휘했던 그였기에, 당시 현장에 있었던 발터의 친밀도는 최상에 가까웠다.

"저도 최전방에서 기사단을 도와 싸우고 싶은데…… 최대한 선두에서 많은 적들을 상대하고 싶어서 말이지요. 발터 경이 저를 헬라임 단장님께 좀 안내해 주실 수 있겠습니까?"

기다리기 싫어서 새치기를 하고 싶다는 말을 교묘히 포장

한 것이다.

물론 발터는 반색하며 고개를 끄덕였다.

"오, 제가 듣기로 로터스 길드도 거점을 수성해야 한다고 들었는데 황실을 위해 이렇게 전방 공격대에 달려와 주시다니, 폐하에 대한 충성심이 정말 대단하십니다, 자작님."

이안은 얼굴에 철판을 최대한 두껍게 깐 채 호탕한 웃음을 지어 보였다.

"핫핫, 제국의 최전방 방어선이 무너지고 나면 저희 길드 거점지가 무슨 소용이 있겠습니까. 일선에서 카이몬 놈들을 막는 데 앞장서겠습니다."

발터는 만족스러운 표정을 지어 보이며 고개를 끄덕였다.

"크, 역시 폐하께서 자작님을 총애하시는 이유가 있었습니다. 따라오시지요, 자작님. 제가 단장님께 안내해 드리겠습니다. 단장님께서도 아마 기뻐하실 겁니다."

이안은 발터에게 살짝 고개를 숙여 보이며 감사를 표시했다.

"고맙습니다, 발터 경."

이안은 그렇게 황실 기사 발터와의 짧은 대화를 마치고 그의 뒤를 따라 막사 안으로 사라졌다.

그가 사라진 자리에 남은 유저들이 투덜거리며 불만을 토로했다.

"와, 게임 안에서까지 인맥이 중요하다니…… 이거 서러워서 살겠냐!"

"그런데 아무리 네임드 유저라고 해도, 소환술사가 최전방 격전지에서 얼마나 활약을 할 수 있다고 저렇게 모셔 가는 거지?"

"그러니까 말입니다. 소환술사 레벨 업 오지게 힘든 건 다 아는 사실이고…… 이안 저 사람, 랭킹 목록에도 없던데 110레벨은 찍었으려나?"

"헐, 이분들 뭘 잘 모르시네요. 이안 님 전투 영상 한 번이라도 보기는 했음?"

"아뇨. 뭐 본 적은 없지만 뻔하지 않습니까? 소환술사 한두 번 보는 것도 아니고."

그런데 이안에 대한 논란이 점점 짙어질 때 쯤, 지금껏 가만히 있던 한 여성 유저 하나가 조용한 목소리로 입을 열었다.

그리고 그 말의 파급력은 상당했다.

"지인은 아니지만, 이안 님 최소 130레벨 예상합니다."

곧이어 여기저기서 곧바로 반발의 목소리가 터져 나왔다.

"아니, 그게 지금 무슨 말도 안 되는 소립니까? 랭킹 1위 소환술사 유저가 지금 122레벨인가 그런 걸로 알고 있는데요."

"내 말이. 흑마법사도 130 넘은 유저가 다섯 명이 안 되는데."

하지만 이어진 그녀의 말에, 모두가 입을 다물 수밖에 없었다.

"제가 현재 소환술사 1위에 랭크되어 있는 그 122레벨 소환술사거든요. 그리고 이안 님 전투 영상을 본 결과, 저보다 훨씬 강했습니다."

그때까지 입을 모아 떠들던 유저들이 당황한 표정을 지었다.

"그런데 어떻게 랭킹에 안 뜰 수가……."

그리고 그녀가 계속해서 말을 이었다.

"아마 지금껏 모든 정보를 100퍼센트 비공개로 설정해 놓았겠지요. 비공식 랭커 중에 그런 유저들 몇몇 있지 않습니까?"

"그, 그런……."

쉽게 믿기는 힘든 말이었지만, 그녀의 머리 위에 떠 있는 그녀의 캐릭터 정보가 그녀의 말에 무게감을 더해 주었기에, 사람들은 부러운 표정으로 이안이 사라진 자리를 응시했다.

–로렌/Lv.122/소환술사

–그러니까…… 이제 1시간 뒤에 발발할 제국 간 전쟁에 최선봉으로 들어가신다는 거죠?

진성은 책상 앞 의자에 걸터앉아 스마트폰으로 누군가와 통화 중이었다.

"네, 맞습니다. 전투 과정은 전부 다 캡슐 내장 캠으로 녹화할 거고요. 제 캡슐 나온 지 얼마 안 된 최고 사양 신상이라서, 화질도 죽여줄 겁니다."

계속해서 진성의 스마트폰 너머로 맑은 여자의 목소리가 들려왔다.

−좋네요. 어쩐지 지난번 홀드림 무덤 지하 던전 영상도 퀄리티 정말 좋았었는데, 역시 캡슐이 최신형이었군요.

"맞습니다. 아무튼, 이번에도 영상 편집 잘 좀 부탁드립니다, 소진 씨."

−물론이죠. 걱정 마세요. 영상 자체가 워낙 좋기도 하지만, 제 실력 아시잖아요.

"물론이죠. 그럼 영상 다 되는 대로 곧바로 쏴 드리겠습니다."

용건을 마친 진성이 전화를 끊으려는데, 다시 소진의 목소리가 흘러나왔다.

−아 참. 진성 씨.

"예?"

−그. 홀드림 던전 클리어 영상은 언제쯤 업로드할까요?

그 물음에 진성은 잠시 생각에 잠겼다.

'음…… 그 영상이 퍼지면 아직까지는 좀 위험할 수도 있겠어. 거대 길드에서 날 더 주목할 테니까…….'

가장 큰 문제는 영상이 퍼지고 나면 홀드림의 성배가 진성

의 수중에 있다는 사실도 함께 퍼져 나갈 확률이 높다는 것
이었다.

물론 성배를 획득하는 장면은 편집해서 올라가겠지만, 그
래도 얼마든지 추측할 수 있는 사실이었다.

진성의 말이 이어졌다.

"조금만 더 기다려 주세요. 아직은 알려지면 안 될 정보가
담겨 있어서……. 한 보름 정도 후면 괜찮을 것 같네요. 그때
다시 연락드리도록 하죠."

그 말에 소진이 입맛을 다셨다.

-쩝, 빨리 올리고 싶어서 근질거리는데……. 뭐 아무튼 알겠습니다.
그럼 곧 다시 연락 주세요, 진성 씨!

"넵!"

전화를 끊은 진성은 인터넷을 켜서 자신의 전투 장면이 담
긴 유캐스트의 영상 목록을 검색해 쭉 훑어보기 시작했다.

적게는 몇 십만 조회 수인 것부터 시작해서, 많게는 거의
천만 조회 수에 육박하는 영상도 있었다.

진성은 뿌듯한 표정으로 중얼거렸다.

"좋아, 이 정도 조회 수면 지난달보다도 훨씬 더 많은 돈
이 들어오겠지?"

진성은 싱글벙글한 표정으로 영상들을 하나하나 확인했다.

그동안 제법 많은 전투 영상을 소진에게 넘긴 덕에, 이제
그의 이름으로 검색하면 거의 20개에 달하는 영상이 나왔다.

"통장에 돈 들어오면 뭐부터 사야 할까? 역시 돈은 쓰는 맛에 버는 거지!"

진성은 통장으로 굴러 들어올 돈을 펑펑 쓸 생각에 행복해졌다.

그런데 진성의 다음 말이 가관이었다.

"방어구부터 최상급 템으로 다 바꿔야 하나? 아니면 지팡이를 바꿀 때가 됐나? 음, 마력의 구체는 아직 쓸 만해서 바꾸기는 좀 아까운데……."

남들 같으면 벌어들인 돈으로 차를 사거나 좀 더 좋은 집으로 옮겨 갈 생각을 했을 텐데, 벌어들인 돈으로 게임 아이템에 현질할 생각만 하는 진성이었던 것이다.

아마 이 광경을 부모님이 보셨다면, 뼈도 추리기 힘들었을 테지만, 진성은 싱글벙글하며 다시 캡슐을 향해 걸음을 옮겼다.

"그래도 다 쓰진 말고 조금은 남겨서 하린이랑 소고기라도 먹으러 가야겠어."

그래도 이제는, 다행히 진성의 머릿속에 하린의 지분이 조금은 생긴 모양이었다.

카일란 사상 최대의 대규모 전투.

아니, 이것은 비단 카일란뿐 아니라 모든 가상현실 게임 역사를 통틀어 가장 규모가 큰 전쟁이라 할 수 있었다.

양 제국 병사들의 숫자만 해도 각각 2만여 명이었다.

기사단의 숫자도 각각 일천에 가까울 정도인 데다가, 전쟁에 참여한 유저도 수천이 넘었다.

그리고 이렇게 엄청난 규모의 인원이 맞붙는 광경은 가히 장관이라 할 수 있었다.

"카이몬 제국 놈들을 모조리 베어 넘겨라!"

"후퇴는 없다! 루스펠 전사들의 위용을 드높여라!"

"와아아!"

전투에 참여한 유저들은, 실감날 정도로 완벽하게 구현된 대규모 전투 속에서 극도의 짜릿함을 느꼈다.

"진짜 전쟁에 참여한 것 같잖아?"

"그러니까. 필드 사냥보다 힘들기는 한데, 사냥이랑은 또 다른 긴장감이 있는걸!"

이 전장에서 유저들의 포지션은 병사들과 기사들의 중간쯤 되는 위치라고 할 수 있었다.

병사들의 레벨은 110~130 정도였고, 기사들의 레벨은 150~180정도였기 때문이었다.

물론 병사들보다 낮은 레벨의 유저도 있었지만, 그들은 금방 도태되어 한 줌 재로 변할 수밖에 없었다.

콰아앙-!

-카이몬 제국 기사의 검격에 직격당해, 치명적인 피해를 입었습니다.

-생명력이 36,478만큼 감소합니다.

-생명력이 모두 소진되어 사망하셨습니다. 전장에서 이탈합니다.

특히 방어력이 낮은 마법사나 궁수 클래스 같은 경우는, 고레벨 기사에게 한 대만 맞아도 그대로 게임 아웃을 당할 수밖에 없었다.

하지만 같은 공격에 맞아도, 맞는 이의 방어력에 따라 그 위력은 천차만별이었다.

-소환수 '빡빡이'가 카이몬 제국 기사의 고유 능력, 영혼 꿰뚫기에 피해를 입었습니다.

-소환수 '빡빡이'의 생명력이 5,768만큼 감소합니다.

방어력이 4천에 육박하는 빡빡이의 위용이 드러났다.

기본 공격도 아니고, 스킬 공격에 당했음에도 5천 밖에 피해가 들어오지 않는 것을 보며, 이안은 만족스런 표정을 지었다.

'빡빡이 줄 부적에는 꼭 생명력 재생 옵션을 달아야겠어. 잘 나오지는 않지만 말이야.'

방어력과 생명력이 압도적으로 높은 빡빡이에게 상급 재생 옵션이 붙은 부적을 달아 준다면 그 효율이 엄청날 것임은 자명했다.

패시브 스킬 덕에 1분에 한 번씩 보호막도 생기기 때문에, 좋은 재생 옵션이 있으면 보호막이 유지되는 동안 잃었던 생명력을 전부 회복할 수도 있을 것 같았다.

'전투 끝나면 부적 노가다만 몇 시간 정도 해야겠어.'

그동안 틈날 때마다 부적 제작도 쉬지 않고 있었기 때문에, 이제는 영웅 등급 이상의 부적도 제법 만들어 낼 수 있었다.

빡빡이에게도 그동안 만들어 놨던 부적 중 괜찮은 아이템으로 착용시켜 주었지만, 만족스러운 수준은 아니었다.

빡빡이의 넓은 등껍질에 올라탄 이안이 명령을 내렸다.

"빡빡아, 라이에게 귀룡의 가호!"

─알겠다, 주인.

그리고 빡빡이의 온몸에서 뿜어져 나온 황금빛 기류가 라이에게로 쏘아지며 허공을 누렇게 물들였다.

─소환수 '빡빡이'가 소환수 '라이'에게 고유 능력 '귀룡의 가호'를 사용합니다.

─2분 동안 '라이'의 피해를 '빡빡이'가 대신 받습니다('빡빡이'는 원래 피해의 150퍼센트만큼의 피해를 입게 되며, 생명력이 10퍼센트 이하로 떨어지면 스킬이 자동으로 해제됩니다).

스킬이 발동된 것을 확인한 이안이 뒤돌아 세리아에게 명령했다.

"세리아, 떡대는 살짝 뒤쪽으로 물리고, 소환수 회복 스킬 빡빡이에게 집중시켜 줘!"

"옛, 영주님!"

아무리 빡빡이라도 라이가 입는 피해를 대신 입다 보면 생명력이 금방 떨어지기 때문에, 귀룡의 가호 스킬이 발동하는 동안만큼은 빡빡이에게 회복 스킬을 집중시켜야 했다.

그리고 라이는 이안이 시키지 않았음에도, 전장으로 뛰어들어 적들을 학살하기 시작했다.

−소환수 '라이'가 카이몬 제국 병사에게 치명적인 피해를 입혔습니다.

−카이몬 제국병사의 생명력이 27,638만큼 감소합니다.

−카이몬 제국병사를 성공적으로 처치했습니다!

−경험치를 198,079만큼 획득합니다.

−명성치를 3,000만큼 획득합니다.

−루스펠 제국 황실 공헌도를 500만큼 획득합니다.

라이가 병사들을 처치할 때마다 주르륵 밀려 올라가는 시스템 메시지들을 힐끗 확인한 이안은, 다시 고개를 돌려 전장을 돌아보았다.

'많이 잡는 것도 중요하지만, 어떻게든 전투 자체를 승리로 이끄는 게 가장 중요하니까!'

이안이 전투에 참여한 목적 중 가장 큰 것은 최전방 전선을 유지시키는 것이었기에 그는 전장 전체의 흐름에 더욱 신경을 많이 썼다.

그리고 멀찍한 곳에, 이안의 눈에 낯익은 뒷모습이 들어왔다.

'아오, 쟨 또 왜 저기 있어? 내 말 좀 듣지!'

그 뒷모습의 주인공은 다름 아닌 카이자르였다.

카이자르는 이안이 참여하는 전장에 항상 함께하기는 했지만, 제멋대로였기에 이안의 명령을 전혀 듣지 않았다.

이안이 동쪽으로 움직이라고 하면 일부러 서쪽으로 움직이는 수준이었으니까.

오히려 이안과 친밀도가 높은 일반 제국기사들이 가신인 카이자르보다 이안의 말을 더 잘 들어주는 것 같기도 할 정도였다.

'아, 몰라. 그래도 경험치랑 명성치는 다 들어오니까 그걸로 만족해야지.'

조금씩 무너지고 있는 서쪽 전선에 카이자르만 투입되어도 다시 균형이 맞을 것 같았지만, 카이자르는 신나게 중앙 전선의 기사들과 싸우는 중이었다.

'차라리 내가 카이자르의 움직임에 맞춰서 이동해야겠어.'

이안은 병사들을 향해 분쇄 스킬을 뿌리던 핀을 불렀다.

"핀아, 이리 와 봐!"

꾸룩- 꾸룩-!

이안의 명령에 핀이 쏜살같이 다가왔다.

이안은 핀의 머리를 한차례 쓰다듬어 준 뒤, 능숙한 몸놀림으로 핀의 등에 올라탔다.

"세리아, 여기는 너한테 맡길게. 빡빡이랑 떡대 잘 치료해 주면서 버텨 봐. 할리도 도와줄 거야."

"예, 영주님, 맡겨만 주세요!"

이안은 앞쪽에서 열심히 싸우고 있는 폴린에게도 간단하게 명령을 내렸다.

"폴린, 이쪽 전선은 지키는 게 가장 중요하니까, 전방 뚫린다고 너무 깊숙이 들어가지 말고 라인 유지해 줘."

폴린이 힘차게 고개를 끄덕이며 대답했다.

"예, 영주님, 알겠습니다!"

든든한 가신들에게 전장을 맡긴 이안은 핀을 타고 쏜살같이 하늘로 날아올랐다.

끼아아오-!

핀이 창공의 제왕답게 우렁찬 목소리로 포효했다.

이안은 전장을 내려다보며 마력의 구체와 전류 증식을 열심히 뿌려 대기 시작했다.

'역시 전류 증식만큼 대규모 전투에 효과적인 광역 상태 이상 스킬은 없는 것 같아. 게다가 이런 난전이라면 더 좋지!'

그렇게 이안은 효과적으로 전장 전체를 지휘하기 시작했다.

직접적으로 NPC나 유저들에게 명령을 내리는 것은 아니었지만, 적재적소에 디버프 스킬이나 상태 이상 공격 스킬을 뿌려 주며 간접적으로 전장을 휘어잡기 시작한 것이었다.

그리고 그런 이안의 모습에 가장 먼저 위협을 느낀 것은 카이몬 제국의 유저들이었다.

"저거 뭐냐? 루스펠 제국 전투형 NPC 중에 그리핀 타고 다니는 것도 있었어?"

"뭐야, 나도 처음 보는데? 정말 그리핀 라이더가 있네?"

이안에 대해서 잘 모르는 유저들은 그리핀을 타고 허공을 누비며 야금야금 전투를 방해하는 이안의 존재가 NPC라고 생각했지만, 그들 중 이안을 아는 유저도 존재했다.

"저 유저, 이안이야! 그리핀 타고 다니면서 전기 뿌리는 영상 본 적 있어!"

"정말이잖아? 저거 보라색 구체 맞으면 제법 아프니까 다들 피해!"

퍼어엉—!

이 커다란 전장에서 유저 한 사람의 전투력이 미치는 영향력은 사실 미미할 수밖에 없었지만, 이안만큼은 누가 보더라도 전투 전체에 지대한 영향력을 행사하고 있었다.

이안은 강력한 아군을 적절히 이용했으며, 위협적인 적들을 교묘히 고립시켜 제대로 된 힘을 발휘하기 힘들게 만들었다.

그렇게 전투가 진행되자, 전장은 조금씩 루스펠 제국쪽으로 기울기 시작했다.

아직까지 살아남아 열심히 싸우던 루스펠 소속의 유저들도 그것을 느꼈는지 신나서 떠들기 시작했다.

"이야, 드디어 우리도 한번 이겨 보는 거야?"

"그러니까! 오늘은 진짜 이길 것 같은데?"

"전쟁 시작하고 사흘 내내 연패만 했다고 들었는데, 오늘은 대체 어떻게 이긴 거지?"

"저기 그리핀 라이더 안 보이냐? 저 사람이 진짜 대박인 것 같아. 나 아까 저분 덕에 두 번이나 살았어."

"저 사람이라니! 저분이 바로 소환술사 랭킹 1위 이안 님이라고. 내가 저번에 전투 영상 봤다고 말했잖아. 진짜 쩐다니까? 나 전투 끝날 때까지 살아 있으면 사인이라도 하나 받을 생각이야."

"아, 정말? 저 유저가 네가 말했던 그 이안이었어?"

핀을 타고 날아다니기도 하고 때로는 할리의 위에 올라타 전장을 누비기도 하는 이안을, 유저들은 부러운 시선으로 바라보았다.

"야, 이안 저 사람 보면 소환술사 진짜 사기 클래스인 것 같은데, 왜 맨날 소환술사 게시판 징징이들은 징징대는 거냐?"

한 유저의 말에, 그의 친구인 듯 보이는 기사 유저가 고개를 저으며 대답했다.

"너, 저 플레이가 쉬워 보이냐, 지금? 소환수들 자체 AI가 있어서 그냥 둬도 어느 정도 싸워 주기는 하지만, 지속적으로 명령 내려 주지 않으면 저 정도 컨트롤 안 나와. 이안 저 사람이 대단한 거야. 아까부터 보고 있었는데 뻘 짓 하는 소환수가 단 한 마리도 없어. 게다가 소환수들 등급도 최소 영웅 등급인 것 같고."

그렇게 이안이 쉬지 않고 모든 정신력을 쏟아 전장을 누빈

끝에, 결국 루스펠 제국은 완벽히 승기를 잡을 수 있었다.

지금껏 카이몬 제국의 승리에 큰 공헌을 했었던 사막 전사들이 등장해 주지 않은 것도 운이 좋다고 할 수 있는 부분이었지만, 그렇다고 해서 이안의 활약이 퇴색되는 것은 아니었다.

"만세! 전투 끝날 때까지 살아남을 수 있을 줄은 몰랐는데!"

"대박이야! 나도 살았어, 크하하핫!"

"야, 넌 레벨 120도 안 되잖아. 어떻게 아직까지 살아 있는 거야?"

"크크크, 이안 님 졸졸 따라다녔지 뭐. 이안 님이 세 번이나 살려 주셨다고! 이안갓!"

전쟁이 끝나고 살아남은 루스펠 제국의 유저들은, 처음 전투에 참여한 3천여 명의 30퍼센트 수준인 900명 정도밖에 되지 않았지만, 사실 그것도 엄청난 수준이었다.

승리 진영이라고 하더라도 지금껏 유저가 10퍼센트 이상 살아남았던 적은 없었으니까.

오늘의 전투는 그야말로 대승이라고 할 수 있었다.

'오늘 전투로 얼마나 밀어냈으려나?'

이안은 맵을 열어 새롭게 형성된 최전방 대치선과 거점지의 거리를 확인한 후 안도의 한숨을 쉬었다.

만약 오늘도 패배했다면 정말로 거점지가 위험할 뻔했던 것이다.

'좋아, 앞으로 한 이틀 정도만 더 연승하면 우리 거점지를

위험권에서 벗어나게 할 수 있겠어.'

이안은 대규모 전투에서도 자신의 능력이 생각보다 큰 영향력을 발휘할 수 있다는 사실을 확인하고 무척이나 뿌듯했다.

'경험치도 쏠쏠하고. 며칠만 최전선에서 용병으로 뛰어야겠어.'

하지만 순조롭게만 보였던 이안의 계획은, 곧바로 다음 날 깨질 수밖에 없었다.

−이안 : 뭐라고? 거점지가 공격받았다고?

−헤르스 : 그렇다니까. 너 없는 사이에 사막 전사들이 공격해 왔어. 지난번보다 규모는 작았지만 네가 없어서 그런지 피해가 제법 있다.

−이안 : 아니, 어떻게 그럴 수가 있지? 오늘 전투로 최전선이랑 거리가 3킬로미터도 넘게 벌어졌는데 사막 전사들이 어떻게 쳐들어온 거야?

−피올란 : 아무래도 다크루나 길드에서 직접 사막 전사들을 움직인 모양이에요. 아니면 마젤란의 징표에 어떤 특수한 능력이라도 있든가…….

−이안 : 특수한 능력요? 어떤……?

−피올란 : 예를 들면 특정 거리 내의 어떤 지점으로 사막 전사들을 소환한다든가 하는……?

−이안 : 아, 돌겠네. 그럼 내일부터는 저도 거점지로 돌아가야겠네요.

-헤르스 : 아무래도 그게 좋을 것 같다. 네가 있고 없고가 차이가 제법 크니까.

　전투에 승리한 것을 자랑하기 위해 채팅방에 들어갔다가 생각지도 못한 이야기를 들은 이안은 얼굴이 굳어졌다.

　"아…… 마젤란의 징표인지 뭔지, 그거 뭐하는 아이템인지 세부 정보 볼 방법 없나? 미치겠네."

　지금 로터스 길드의 중부 대륙 거점지는 빠르게 건물들을 올리며 발전하고 있는 중이었다.

　그 건물들을 올리는 데 필요한 자원과 재화는 물론 전쟁 교역소를 통해 수급한 것들이었다.

　길드원들이 거점지 주변의 몬스터들을 토벌하며 얻은 전공 포인트를 전부 자원으로 교환한 것이었다.

　'계속해서 공격이 들어오면 생산 건물을 올릴 게 아니라 방어 타워부터 먼저 지어야겠는데. 노동력에 투자도 더 많이 해야겠고…….'

　그렇다고 지어지고 있는 생산 건물을 취소하는 것은 너무 큰 낭비였으니, 어디선가 추가로 더 자원을 수급해야만 했다.

　채팅창을 끄고 거점지로 향하는 이안의 머릿속이 무척이나 복잡해져 왔다.

　'이렇게 되면 결국 북부 대륙에서 자원을 끌어와야 한다는 이야긴데…….'

　잠시 생각을 정리하던 이안이 누군가에게 개인 메시지를

전송했다.

　－이안 : 교수님. 저 진성입니다. 혹시 지난번에 부탁드렸던 건 이제
마무리되어 가나요?

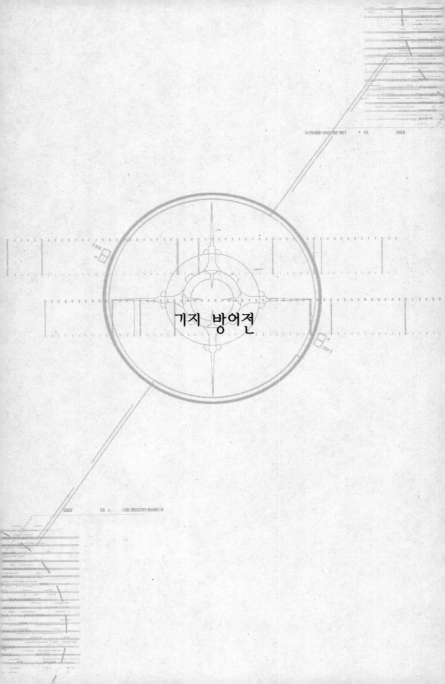

기지 방어전

Taming
Master

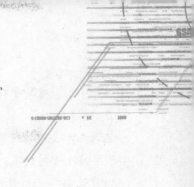

진욱의 메시지는, 이안이 메시지를 보낸 지 몇 초 지나지 않아 곧바로 돌아왔다.

─이진욱 : 그래, 진성아. 그렇지 않아도 연락하려고 했었다.

─이안 : 네, 교수님. 조련소는 이제 완성 단계인가요?

─이진욱 : 어제 오후에 업그레이드 완료됐다. 오늘부턴 이제 손님 받을 수 있어.

이안이 진욱에게 부탁했던 것은 다름 아닌 영지의 조련소 업그레이드였다.

처음 조련소를 지은 지 몇 달이 지난 끝에 드디어 최종 단계까지 업그레이드가 끝난 것이다.

'조련소야말로 이 시점에서 정말 훌륭한 노다지가 될 수

있어. 이제 잠재력에 대한 정보도 조금씩 풀리기 시작한 거 같고, 때가 왔지.'

조련소는 소환수의 잠재력을 빠르게 성장시켜 줄 수 있는 유일무이한 곳이었다.

이안의 특수 스킬인 '훈련'을 제외한다면 말이다.

'어느 정도 파급 효과가 있을지는 모르겠지만, 최소한 소환술사들에게 있어서는 최고의 이슈가 될 수밖에 없을 거야.'

소환술사들에게 소환수의 '진화'는 무척이나 중요한 부분이었다.

그렇기에 커뮤니티의 소환술사 게시판에는 주기적으로 소환수의 진화에 대한 비밀을 풀기 위해 논쟁이 펼쳐지곤 했다.

하지만 아직까지도 이안처럼 거의 정확하게 잠재력과 진화의 관계에 대해 아는 사람은 나오지 않았다.

알아낸 유저가 있는데도 이안처럼 정보를 풀지 않고 있는 것일 수도 있었지만, 적어도 커뮤니티에는 아직 정보가 풀리지 않은 것이었다. 잠재력과 진화의 상관관계를 아는 사람도 거의 없는 이 시점에, 조련소의 역할까지 알려진다면 정말 어마어마한 파장이 일 것이다.

─이안 : 그럼 지금 조련소에서 한 번에 수용 가능한 소환수가 얼마나 되는 거죠, 교수님?

─이진욱 : 음…… 대형 소환수 총 50마리, 중·소형 소환수는 각각 100마리씩 수용이 가능하겠구나. 네가 할당해 준 부지 전부 꽉꽉 채워

서 확장시켰어.

　-이안 : 오, 생각보다 수용 가능 소환수가 제법 많네요. 수고하셨습니다.

　-이진욱 : 그럼 이제 오늘부터 외부로 정보를 풀 생각인 거냐?

　-이안 : 네, 교수님. 지금이 적기인 것 같아요. 벌써 잠재력에 대한 비밀을 거의 알아낸 유저들도 존재할거고, 머지않아 커뮤니티에도 정보 다 풀릴 겁니다. 그전에 우리가 정보를 풀고 시장을 선점하는 거죠. 카일란 어디에도 최고 레벨까지 업그레이드한 조련소를 보유하고 있는 영지는 없을 거예요.

　이안의 계산은 간단했다.

　잠재력과 소환수 진화의 상관관계에 잠재력이 높을수록 소환수의 능력치가 더 높은 폭으로 성장한다는 정보까지 커뮤니티에 풀어 버리면, 카일란 내 거의 모든 소환술사들이 로터스 영지로 몰려올 것이다.

　그렇게 되면 자연히 로터스 영지를 중심으로 폭발적인 경제성장이 이뤄질 것이고, 아예 영지에 터를 잡고 정착해서 살기 시작하는 소환술사들도 생겨날 것이었다.

　영지 주변 몬스터들의 레벨대가 낮게는 70에서 많게는 100정도까지 되니, 중레벨 정도 되는 소환술사들에게는 사냥터도 충분히 매력적으로 다가올 것이다.

　-이진욱 : 그래, 진성 학생. 그럼 홍보는 어떤 식으로 할 셈인가?

　잠시 생각한 이안이 짧게 대답을 보냈다.

-이안 : 제가 알아서 할게요, 교수님. 손님 받을 준비만 철저히 해 주세요.

　이진욱 교수와 대화를 마친 진성은 일단 게임을 종료하고 캡슐 밖으로 나왔다.

　이제 반나절 동안은 접속하지 않을 생각이었다.

　'오랜만에 공략 글 쓴다는 생각으로 최대한 공들여서 한번 써 봐야지.'

　일단 인터넷을 켠 이안은 소환수들에 대한 정보를 긁어모으기 시작했다.

　이안이 모르는, 하지만 정보가 공개된 진화된 개체들에 대한 정보 수집이 우선이었다.

　'최대한 있어 보이게, 그리고 잘 읽히게 쓰는 게 가장 중요해.'

　물론 다른 진화 조건을 다 충족시켰을 때 잠재력이 100이 되면 진화한다는 정보와 잠재력이 높은 상태에서 레벨을 올려야 능력치가 더 높은 폭으로 성장한다는 것만 짧게 정리해서 써 놓아도 굉장한 정보임이 틀림없지만, 그 정도에서 만족할 수 없었다.

　소환술사라면 누구든 한번쯤 읽어 보고 가야만 하는 소환술사계의 바이블 같은 글을 써 올리고 싶었다.

이안은 알려진 모든 소환수들과 그 진화 개체, 등급 등을 정리하고, 각 등급별 능력치 성장률 최대, 최소치 등 분석할 수 있는 모든 것들을 분석해서 보기 좋게 정리할 생각이었다.

'이번에 소진 씨가 올려 줄 영상 말미에 게시글 홍보 링크도 띄우고, 내 아이디도 제법 유명해졌으니까 이름 좀 팔면 조회 수는 금방 오르겠지.'

컴퓨터 앞에 앉은 이안은 정신 없이 그 안으로 빠져들기 시작했다.

중부 대륙 로터스 거점지.

거점 중심부의 막사에서 피올란과 헤르스가 진지한 표정으로 대화를 나누고 있었다.

"네? 지금 이미 짓고 있는 건물이 몇 갠데 여기서 더 늘리겠다고요?"

"네, 피올란 님. 방금 이안이랑 상의한 내용이에요. 방어 타워 위주로 지을 수 있는 건 전부 다 짓기로 했어요."

헤르스의 말에 피올란은 무척이나 당황한 표정이 되었다.

"아니, 지금 건설 시작하는 거야 큰 문제될 게 없지만, 이러다가 아무것도 완성 못 하고 자원만 바닥나는 거 아니에요?

그러면 진짜 이러지도 저러지도 못 하고 망하는 건데…….”

카일란에서 건물을 짓는 과정은 현실에서와 무척이나 흡사하다.

예를 들어 500만 골드짜리 건물을 짓는다고 해서 처음부터 500만 골드가 다 들어가는 것은 아닌 것이다.

기초공사 비용만 있으면 언제든 건설을 시작할 수 있었고, 추가되는 비용을 그때그때 충당하기만 하면 건물이 계속해서 지어지는 방식이었다.

지금은 로터스 길드가 가진 자원이 제법 넉넉했기에 이안의 계획처럼 모든 방어 건물을 동시에 건설하기 시작하는 게 가능했지만, 완공될 때까지 지속해서 자원을 쏟아 부을 수 있는 수준은 아니었기 때문에 피올란이 걱정하는 것이었다.

그녀의 말에 헤르스가 고개를 끄덕이며 대답했다.

“저도 걱정이 많이 되기는 해요. 하지만 이안이 얘기 들어 보니까 꼭 불가능한 건 아닌 것 같더라고요.”

피올란이 반색하며 되물었다.

“그래요?”

“네, 일단 우리에겐 전쟁 교역소가 있잖아요. 내일쯤 사막 보병 생산이 가능해질 거고, 병력이 생산되기 시작하면 지금이랑은 비교도 되지 않을 정도로 많은 양의 전공 포인트 수급이 가능할 겁니다.”

“음, 그거로도 부족할 것 같기는 하지만……. 일단 이안 님 말 들어서 손해 본 적은 없으니 진행해 보도록 하죠."

지금까지 이안의 행적 중에 상식적으로 말이 되는 부분이 많지 않았기에, 피올란은 그렇게 수긍해 버렸다.

그리고 그런 그녀를 본 헤르스가 피식 웃으며 고개를 끄덕였다.

"오케이, 그럼 바로 건물 올립시다."

하지만 피올란은 물론 헤르스조차도 북부 영지를 기반으로 이안이 생각 중인 대규모 사업에 대해서는 짐작조차 하지 못하고 있었다.

"그런데 이안 님은 이 중요한 시기에 어디 가신 거죠?"

피올란의 물음에 헤르스가 뒷머리를 긁적이며 고개를 저었다.

"그, 글쎄요. 저한테는 돈 벌러 간다고만 했는데."

"……?"

그렇게 두 사람이 길드원들과 함께 열심히 거점지의 방어 건물들을 증축하는 그 시간.

이안은 열심히 컴퓨터 앞에 앉아 키보드를 두들기고 있었다.

"로렌 님, 커뮤니티 봤어요?"

현 시점 소환술사 레벨 랭킹 1위 유저인 로렌.

그녀는 소속되어 있는 길드는 없었지만, 소환술사 유저로만 이루어진 소규모의 '팀'에 속해 있었다.

팀의 이름은 소환술사 커뮤니티에서는 무척이나 유명한 '골든 서머너즈'.

골든 서머너즈는 총 스무 명 정도의 소환술사들로 구성된 팀이었는데, PVP나 퀘스트를 진행하지 않고 오로지 PVE 혹은 몬스터 포획을 위주로 활동하는 이들이었다.

그들은 하나같이 실력도 뛰어나고 랭킹도 높아서 많은 소환술사들이 골든 서머너즈 팀에 들어가고 싶어 할 정도였는데, 그들이 우상으로 여기는 인물이 하나 있었다.

당연하겠지만, 그것은 바로 이안이었다.

"밀리안 님, 무슨 일이에요?"

로렌의 물음에, 밀리안이라 불린 사내가 빠르게 대답했다.

밀리안 또한 120레벨에 근접한 소환술사 최상위 랭커 중 한 명이었다.

"지금 커뮤니티 완전 난리 났습니다. 소환술사 게시판 접속량이 너무 많아서 서버 다운될 지경이에요."

그의 말에, 그렇지 않아도 커다란 로렌의 두 눈이 더 크게 확대되었다.

"뭐, 사건이라도 터졌나 봐요?"

밀리안이 고개를 끄덕이며 대답했다.

"사건은 사건이죠. 이안 님이 소환술사 게시판에 공략 글을 올리셨으니까요."

"……!"

그 말에 로렌은 자리에서 벌떡 일어났다.

"이안 님께서 공략 글을 올리셨다구요? 내용은 읽어 봤어요?"

"방금 읽어 보고 오는 길입니다. 다 읽지는 못했어요. 워낙 길어서 말이지요. 조금 읽다가 로렌 님께 먼저 알려 드리고 나서 읽는 게 좋을 것 같아서……. 대충 훑었는데도, 퀄리티 하나는 최고더군요. 역시 이안 님!"

밀리안의 말에 로렌이 활짝 웃으며 대답했다.

"정말 고마워요, 밀리안 님. 저 지금 바로 나가서 커뮤니티 글 좀 읽어 보고 올게요!"

"그러세……."

밀리안의 대답이 끝나기도 전에 접속 종료를 했는지 로렌이 허공에서 사라졌다.

그녀를 보며 밀리안은 고개를 절레절레 저었다.

"역시 회장님답네. 나도 이안 님 팬이지만, 로렌 님만큼은 못 따라가겠어."

이안은 알지 못했지만, 한 달 전쯤 그러니까 이안의 영상이 유캐스트에 본격적으로 퍼지기 시작한 그 무렵, 그의 팬클럽이 생겨났다.

그리고 그 팬클럽의 회장은 다름 아닌 로렌이었다.

로렌은 이안의 영상을 전담해서 업로드 하는 업로더인 소진과 직접 연락을 해서 이안의 팬 카페의 존재를 알리고, 영상도 직접 공급받고 있었다.

소진으로서는 이안이 팬덤이 생긴다는 것이 사업적으로 엄청난 이득이었기에 기꺼이 지원해 주었고, 이안 팬클럽의 회원 숫자는 기하급수적으로 늘어나고 있었다.

현 시점, 팬클럽 회원의 숫자는 15만 명에 육박할 정도다.

사실상 통합 랭킹 1위로 알려져 있는 다크루나 길드의 길드마스터 이라한의 팬클럽도 회원수가 20만이 되지 않는다는 점을 감안하면, 이것은 엄청난 수치였다.

"나도 얼른 접속 종료해서 러블리안 게시판에 공략 글 좌표나 찍어 줘야지. 이미 누가 찍었으려나?"

러블리안은 이안 팬클럽의 이름이었다.

영어로 LoveLeeAn.

로렌의 작명 센스였다.

"그나저나 오늘 사냥 일정은 그럼 자동 취소인가?"

밀리안은 파티 채팅방을 켜 접속 인원을 확인해 보았다.

이미 다들 어디선가 이안의 공략 글이 커뮤니티에 올라왔다는 소식을 듣고 게임을 종료한 듯싶었다.

골든 서머너즈의 멤버들 전원이 이안의 광팬이었으니, 사실 이것은 당연한 수순이었다.

밀리안은 아무도 없는 채팅방에 공지글을 하나 올린 뒤 접속을 종료했다.

-공지 : 금일 사냥 일정 익일로 연기합니다. 모두 내일까지 이안 님 공략 글 열 번씩 정독하고 분석해서 공유합시다.

예상대로, 이안이 커뮤니티에 올린 공략의 파급력은 어마어마했다.

올린 지 30분도 채 지나기 전에 공략 Best Of Best 게시판으로 이동되었으며, 반나절이 채 지나기 전에 Best Of Best 게시판의 총 조회 수 순위 10위 안으로 들어간 것이었다.

이것은 이안이 유캐스트 영상을 뿌림과 동시에 길드원들을 통해서 전략적으로 홍보했기 때문에 나올 수 있었던 결과이기도 했지만, 그 때문만은 아니었다.

아무리 초반 홍보가 잘 되어 힘을 받는다고 하더라도 그 안에 들어 있는 콘텐츠의 질이 좋지 못하면 금방 묻힐 수밖에 없다.

하지만 이안의 공략은, 지금껏 올라온 소환술사 관련 공략 글 중 그 어떤 것보다도 고퀄리티였다.

뛰어난 가독성을 위해서 공략 글을 전부 다 작성한 뒤, 디자이너 출신인 소진에게 부탁하여 최종 편집까지 맡긴 이안의 꼼꼼함이 빛을 발한 것이다.

그리고 이안의 공략의 여파로, 소환술사 게시판은 새로 고침을 한 번 할 때마다 페이지가 바뀔 정도로 엄청난 속도로 게시물이 올라오고 있었다.

－와, 방금 이안 님 공략 글 정독하고 나왔는데, 소환술사로 말도 안 되는 성장을 보여 주는 이유가 있었어요. 진짜 들어가 있는 정보 하나하나가 완전 꿀 같은 정보들만……

－동의합니다. 특히 잠재력에 대한 말들이 많았는데, 이제 이 공략 글로 인해 논란 종결인 듯. 실제로 이안 님 소환수인 라이 능력치 성장 과정 스크린샷까지 레벨 별로 찍어서 수식 만들어 놓으셨는데, 누가 토를 달겠어요.

－크으, 진짜 소환술사 유저들의 희망입니다, 이안 님은. 이젠 제 아이스 골렘도 진화시킬 수 있겠어요! 레벨 70이 되도록 진화를 안 해서 멘붕이었는데, 해답이 잠재력에 있었다니……

－다들 이럴 때가 아니라 얼른 로터스 영지로 갑시다. 지금 벌써부터 조련소 예약 대기 순번까지 꽉 찼대요. 늦으면 진짜 몇천 번대까지 대기 순번 밀릴지도 몰라요.

－후후, 윗 님. 님이 느리신 듯. 지금 여기서 놀고 계신 분들 이미 다 로터스 영지 달려가서 소환수 맡겨 놓으셨거나, 아니면 예약 대기 걸어 놓으신 분들일걸요?

－그러게요. 이제야 로터스 영지 가려고 하시다니, 애도합니다. 내년

에나 순번 돌아오실 듯…….

―아니, 그런데 조련소가 현재 로터스 영지밖에 없는 건가요? 다들 왜 로터스 영지로 가는 거죠?

―아, 조련소 자체가 로터스 영지에만 있는 것은 아닙니다. 제가 찾아본 결과 지역별로 하나씩은 지어져 있더군요. 다만, 다른 조련소들은 지어진 뒤 활성화가 되지를 않아서 시설 레벨이 엄청 낮아요.

―그 시설 레벨에 따라서 효율 차이가 큰가요?

―네. 거의 하늘과 땅 차이 수준…….. 아까 소환술사 게시판 가 보니까, 잠재력 60짜리 늑대가 로터스 조련소에서 반나절 만에 잠재력 100 찍고 진화했다고 하더라고요. 반면에 일반 조련소에는 하루 종일 맡겨 놔도 잠재력 5인가 밖에 안 올라요.

―헐…… 그게 말이 돼요?

―등급이 낮은 소환수일수록 잠재력 올리기가 쉬워서 그런 거기는 해요.

―허얼.

―그리고 시설 레벨 낮은 조련소에서는 대형 몬스터는 훈련시킬 수도 없어요.

―아…… 제 골렘이랑 매머드는 무조건 로터스 영지 가야 되는군요, 그럼.

―그렇죠.

이제껏 '진화 가능' 옵션을 가진 소환수를 힘들게 잡아 놓고, 진화할 날만을 오매불망 기다리던 소환술사들에게 시설 레벨이 Max인 로터스 영지의 조련소는 거의 축복에 가까운 곳이었다.

그렇기에 시간당 10만 골드라는, 결코 적지 않은 가격임에도, 누구 하나 불평하는 목소리가 없었다.

다만, 불평은 다른 곳에서 나왔다.

-와, 이러면 소환술사는 무조건 루스펠 제국에서만 캐릭터 생성해야 되는 거 아닌가요?

-그러니까요. 카이몬 제국 소환술사들은 어쩌라는 겁니까, 이러면?

-어쩌기는요. 카이몬 제국 소환술사분들은 지금부터라도 조련소 하나 몰아주기라도 해서 얼른 시설 레벨 올리셔야죠. 어차피 이미 시설 레벨 Max인 로터스 조련소가 더 좋아질 곳은 없으니 언젠가는 따라잡지 않을까요?

-노노, 윗 님, 뭘 잘 모르시네요. 아마 카이몬 제국에 시설 레벨 Max인 조련소 나올 쯤이면, 로터스 영지 조련소는 아예 상위 단계 건물로 리빌딩 될걸요? 얼마 전에 Max레벨 찍은 대장간 가지고 계셨던 분이 포스팅한 거 못 보셨나 보네.

-그게 뭐죠?

-시설 레벨 Max 찍고 시설 경험치 계속 쌓다 보면, 아예 상위 단계 건물로 개조하는 게 가능해지나 보더라고요. 지난번 포스팅에 올라왔던 대장간의 경우에는 '무기 연구소'로 업그레이드 됐었어요.

-아해!

로터스 길드가 루스펠 소속의 길드인 만큼, 영지 또한 당연히 루스펠 제국 소속의 영지였다.

그렇기에 영지를 빼앗지 않는 이상, 카이몬 제국 유저들이 로터스 길드의 조련소를 사용하는 것은 불가능한 것이었다.

그래서 실제로 레벨이 아직 30도 되지 않은 초보 소환술사들의 경우 아예 캐릭터를 다시 만들기도 했고, 거액을 들여 국적 변경 아이템을 구해 국적을 바꾸는 소환술사가 생기기도 했다.

그리고 이 일련의 상황들을 모니터링하며, 뿌듯한 미소를 짓고 있는 사람이 한 명 있었다.

"후후, 역시 예상했던 것처럼 반응이 좋은데?"

그는 물론 이안이었다.

"이러면 이제 방어 타워 좀 짓는다고 해서, 길드 금고가 부족해질 일은 없겠지?"

계속해서 게시판과 채팅창들을 눈팅하던 이안은 스마트폰을 들어 어딘가로 전화를 걸었다.

스마트폰 너머로 스탠다드한 컬러링이 울려 퍼졌고 잠시 후, 걸쭉한 남자의 목소리가 들려왔다.

이진욱 교수였다.

"교수님, 계획대로 잘 되고 있는 것 같네요. 영지 상황은 좀 어떤가요?"

　─하하, 어떻기는. 지금 대기 번호만 네 자릿수까지 꽉 들어찼다네.

"문제는 없고요?"

　─문제가 하나 있긴 하지.

문제가 있다는 말에 진성의 두 눈이 살짝 커졌다.

"어떤……?"

　─일손이 부족해. 북부 영지에 남아 있는 길드원들이 도와주고 있기는 하네만, 택도 없는 수준이야.

이진욱의 말에 진성은 뒷머리를 긁적였다.

그것은 미처 생각지 못했던 부분이었다.

"교수님, 제가 빠른 시일 내에 인재 등용해서 관리 인원 배치해 드릴게요. 그 부분은 생각 못 했네요."

　─오, 그래 주겠는가? 그럼 나야 고맙지.

그리고 이안은 이진욱에게 전화한 본론을 꺼내었다.

"아, 교수님, 사실 제가 전화 드린 이유가 따로 있는데요."

　─그래. 말해 보게. 뭔가?

"그쪽 인원 충원되는대로, 교수님께서 올리버스 영지로 가 주셨으면 해서요."

　─오호, 올리버스 영지라면, 그 해안마을 말하는 게지?

"네, 맞습니다."

이진욱 교수는 진성의 말의 의도를 단번에 알아챘다.

　─오케이, 알겠네. 여기 정리가 되는 대로 곧바로 올리버스 영지로 가

서 새로운 조련소를 건설하도록 하지.

올리버스 영지는 동부 해안 쪽에 숨겨진 마을과도 같은 곳이었다.

아직까지 외부에 영지의 존재를 꼭꼭 숨겨 둔 상태였기 때문에 로터스 길드원들을 제외하고는 존재조차 알지 못하는 마을이었지만, 언제까지 그 상태로 둘 생각은 없었다.

'올리버스 영지가 영토 확장만 좀 더 하면 로터스 영지보다 더 넓은 부지를 확보할 수 있을 테니까, 거기에는 아예 대규모 농장 수준으로 지어야지.'

수요는 넘쳐났으니, 공급을 빠르게 늘릴 필요가 있었다.

생각을 정리한 이안이 천천히 입을 열었다.

"어쨌든 정말 수고 많으셨습니다, 교수님. 덕분에 큰 산 하나 넘었어요."

이안의 말에 이진욱이 껄껄 웃으며 대답했다.

─하하, 이런 수고라면 언제든지 환영일세. 나 이제 교수 그만둬도 되는 거 아닌가 모르겠어.

생각지도 못한 이진욱의 농담에, 이안은 당황한 표정이 되었다.

"네에?"

하지만 그 다음 말을 듣자, 곧바로 고개를 끄덕일 수밖에 없었다.

─뭘 놀라고 그러는가. 조련소 관리 수수료로 얻는 골드만 현금으로

환전해도 내 교수 월급의 열 배는 나오는 수준이야. 지금 교수직 그만두는 거, 1할 정도는 진심일세.

잠시 말이 없던 진성이 진지한 목소리로 대답했다.

"그러지는 마세요. 교수님. 교수님 안 계시면 저 휴학해야 돼요……."

"……."

하루 만에 엄청난 일들을 벌려 놓은 이안은, 거의 금의환향 수준으로 길드원들의 환영을 받으며 거점지로 돌아왔다.

"야, 진짜 대박이다. 어떻게 그런 생각을 한 거야?"

"그러니까요. 진짜 이제 한동안 자금 걱정할 일은 없겠어요."

헤르스와 피올란을 필두로 수없이 쏟아지는 환영 인사를 일일이 받아 준 이안은, 거점 막사로 들어가 밀린 거점지의 내정 활동을 시작했다.

대부분 헤르스가 전부 처리해 놓았기 때문에, 이안이 해야 할 일은 진행 상황을 검토하고 이후 세부적인 계획들을 짜는 과정이었다.

'지금 유일한 걱정거리는 최전방 전선이 다시 우리 거점지까지 밀려들어 올 것이라는 건데…….'

이안이 자리를 비운 다음 날.

제국 간의 전투는 여지없이 카이몬 제국의 압승으로 끝났다.

이안이 힘들게 벌려 놓았던 거리가 하루 만에 다시 복구되어 버린 것이었다.

그렇다고 지금 이안이 자리를 비울 수는 없었다.

이안이 없는 동안 사막 전사들로 인해 입은 피해가 제법 커서, 추가 공격이 들어오면 이안 없이는 도저히 막아 낼 수 없는 상황이었기 때문이다.

게다가 거금을 들여 방어 건물과 생산 건물을 전부 다 짓기 시작한 상황이었기에, 거점의 방어는 지금 어떤 다른 일들보다 가장 우선적으로 생각해야 하는 부분이었다.

'그리고 솔직히 지난번엔 카이몬 제국에서도 추가적인 지원 병력이 없었기 때문에 이길 수 있었던 거지, 만약 사막 전사들이나 상위 길드 몇몇만 지원 들어왔어도 내 힘으로 승리할 수는 없었을 거야.'

생각을 정리한 이안이 막사에 따라 들어온 헤르스를 향해 입을 열었다.

"유현아, 우리 한동안 디펜스 게임 해야 할 것 같다."

"응? 그건 또 뜬금없이 무슨 말이야."

"이제 며칠 내로 우리 거점지까지 제국 방어선이 밀릴 예정이거든."

이안의 말에 뒤늦게 들어온 피올란이 당황한 표정으로 물었다.

"헐, 정말요? 지금 계속 지고 있다는 얘기를 듣기는 했는데…… 그래도 이제 내일부터는 스플렌더 길드나 오클란 길드에서도 참전할 거라고 하던데, 그러면 좀 괜찮아지지 않을까요?"

피올란의 말도 일리는 있었다.

현재 일방적으로 루스펠 제국이 밀리는 배경에는, 한 발 빠르게 중부 대륙에 자리를 잡고 카이몬 제국 병력을 지원하기 시작한 타이탄 길드와 다크루나 길드의 힘이 있었던 것이다.

하지만 문제는 타이탄이나 다크루나 길드에 비해 루스펠 제국 상위 길드들의 힘이 현저히 떨어진다는 사실이었다.

이안이 고개를 절레절레 저으며 대답했다.

"물론 지금처럼 일방적으로 지지는 않을 수도 있겠지만, 밀릴 것이라는 사실에는 변함이 없습니다. 오클란이건 스플렌더건 타이탄이나 다크루나에 비하면 전력이 많이 떨어지니까요."

헤르스도 고개를 끄덕이며 동의했다.

"진성이 말이 맞아요. 게다가 사무엘 진같이 약아빠진 놈은 밀리기 시작한다고 생각되면 아예 발 빼 버릴지도 모르죠."

사무엘 진은 오클란 길드의 길드마스터를 이야기하는 것이었다.

피올란이 걱정스런 표정으로 이안에게 물었다.

"그럼 어떻게 하실 생각이신데요, 이안 님은?"

그리고 이안이 두 사람을 번갈아 쳐다보며 입을 열었다.

"제가 볼 때, 여기까지 방어선이 밀려 내려오는데 걸리는 기간은 대충 열흘 정도예요. 빠르면 일주일 정도일 수도 있고, 오래 걸려야 보름이죠."

헤르스와 피올란을 비롯한, 막사 안에 있던 길드원들의 시선이 이안의 입을 향했다.

"이제 자원도 넉넉하게 확보했겠다, 길드원분들 일주일동안 사냥 중단시키고 전부 모여서 성벽 한번 제대로 쌓아 보죠."

피올란이 자신도 모르게 반문했다.

"네에?"

이안이 피식 웃으며 말을 이었다.

"길드 금고 탈탈 털어서 노동력 최대한 확보하고, 모자라면 커뮤니티에 구인 광고라도 올려서 철옹성 한번 지어 보자고요."

이안의 말을 이해한 헤르스가 흥미로운 표정으로 입을 열었다.

"아, 디펜스 게임이라는 게 이 말이었냐?"

이안이 고개를 끄덕였다.

"맞아. 디펜스 게임 제대로 한번 해 보자고. 방어선 쭉 밀려서 우리 거점지만 적진 한복판에 고립되더라도 전부 막아 낼 수 있을 정도로 말이야."

하지만 이때만 해도, 이안은 이 말이 정말 현실이 되어 버릴 줄은 몰랐다.

−사막의 경계탑(Lv.1)이 완성되었습니다.

−숙련된 건축가의 뛰어난 건설 능력으로 인해, 모든 전투 능력치가 20퍼센트만큼 추가됩니다.

−영지의 치안도가 5 만큼 상승합니다.

−이제부터 '원소 마법 방어탑'을 건설할 수 있습니다.

−사막의 경계탑(Lv1)의 정보를 확인하시겠습니까?

새하얀 빛에 휘감기며, 성벽 한쪽에 우뚝 솟아오른 경계탑 앞에 선 이안은 건설 완료와 함께 떠오르는 메시지들을 쭉 훑어보며 고개를 끄덕였다.

"확인한다."

그러자 이안의 눈앞에, 경계탑에 대한 정보가 떠올랐다.

띠링−.

사막의 경계탑
Lv.1 (0/98,500,000)

(레벨 업에 필요한 조건이 충족되지 않음)
공격력 : 6,500 (+1,300)
방어력 : 4,500 (+900)
생명력 : 200,000 (+40,000)
공격속도 : 0.85/Sec (+0.05)
시야 : 2,652m
고유 능력
*강철쇠뇌
공격시 15퍼센트의 확률로 적의 방어력을 50퍼센트만큼 무시하는 강철 쇠뇌를 발사한다.
강철쇠뇌의 파괴력은. 기본 공격의 150퍼센트만큼 적용된다.
사막 부족들이 거점지에 건설할 수 있는 가장 기본적인 방어 건물이다. 공격 속도가 느린 편이기는 하나, 격중당하면 커다란 피해를 면치 못할 것이다.

"크으!"

설명을 다 읽은 이안의 입에서 절로 탄성이 흘러나왔다.

단일 타깃에, 뛰어난 고유 능력도 없는 평범한 방어 타워 였지만, 그 능력치가 어마어마했기 때문이었다.

'역시…… 아무리 기본 타워라고 해도 중부 대륙이라 이건 가?'

애초에 거점지가 생성되는 맵 자체가 북부 대륙과는 클래 스가 다른 곳이었으니, 기본 타워도 이렇게나 어마어마한 전 투 능력치를 가진 것이리라.

게다가 북부 대륙 영지의 거의 모든 건설을 도맡아 해 온 뛰어난 건축가 NPC를 데려온 덕에 추가 스텟도 부여받았으니, 기본 방어 타워라기에는 무시무시한 능력치를 갖게 된 것이었다.

'공격력만 7,800이면 빡빡이는 몰라도 떡대는 한…… 두세 방에 골로 갈 수도 있겠어. 고유 능력이라도 터진다면?'

고유 능력인 강철쇠뇌가 발동된 공격을 제대로 맞는다면, 어지간한 탱커도 한방에 골로 보낼 수 있을 것 같은 무시무시한 공격력이었다.

"이제 차례로 쭉 완성되겠지?"

이안은 중얼거리며 성벽을 따라 건설되고 있는 방어 타워들을 한차례 훑어보았다.

그리고 곧, 그의 말처럼 시계 방향으로 순서대로 완공되기 시작했다.

─사막의 경계탑 (Lv1)이 완성되었습니다.

─사막의 경계탑 (Lv1)이 완성되었습니다.

이안은 뿌듯한 표정을 지었다.

"퍼부은 돈이 아깝지 않구나!"

이제는 어지간한 사막 전사들의 공격은 눈 감고도 막아 낼 수 있을 것이라는 생각에, 이안의 입에서는 계속해서 웃음이 흘러나왔다.

옆에서 이안과 함께 방어 타워들이 완성되는 장관을 지켜보던 피올란이 이안을 향해 물었다.

"이안 님, 이제 그럼 상위 타워 올리실 건가요? 조련소 덕분에 자금에 여유는 충분히 있는데……."

이안이 고개를 끄덕이며 대답했다.

"그래야죠. 기본 경계 타워도 성능은 만족스럽기는 한데, 아무래도 단일 타깃형인 데다 공속이 느리다 보니 떼거리로 몰려오면 분명히 한계가 있을 거예요."

기본 타워의 바로 윗 단계 방어 타워인 원소 마법 방어탑은 광역 마법 공격이 가능한 방어 타워였다.

단일 타깃형 타워들을 충분히 배치했으니, 이제는 당연히 광역 공격 타워를 지을 차례였다.

이안이 말을 이었다.

"그리고 원소 마법탑 지으면서 성벽도 더 증축하도록 하죠. 방어벽이 최소 세 겹은 돼야 안심할 수 있을 것 같아요, 전."

그 말에 피올란의 두 눈이 살짝 커졌다.

"세 겹이나요? 그러려면 들어가는 자원이나 노동력이 어마어마할 텐데요?"

이안이 고개를 끄덕였다.

"맞아요. 외벽으로 두 번 쌓을 거니까 부피도 기존 성벽보다 더 늘어나겠죠. 하지만 꼭 필요합니다. 지금 너무 불길해요."

"뭐가요?"

"루스펠 제국 방어선이 어디까지 밀려 내려갈지 모르겠다는 소립니다."

피올란이 뒷머리를 긁적이며 말했다.

"에이, 그래도 우리 거점지 있는 선보다 더 뒤로 밀려 내려가진 않겠죠. 제 생각엔 우리 거점지 있는 라인에 다른 길드들도 방어선 구축하고 있으니까, 이쯤에서 방어선이 형성되면 한동안은 막을 수 있지 싶은데요?"

하지만 이안은 무척이나 비관적이었다.

"글쎄요……."

피올란이 다시 입을 열었다.

"그런데 자원은 그렇다고 쳐도 노동력이 부족해요. 성벽 증축까지 하려면 있는 노동력 전부 고용해도 몇 달 걸릴 것 같아요."

사실 이안도 이 부분이 가장 걱정이었다.

돈을 들여서 외부에서 노동력을 끌어오는 데에도 한계가 있기 때문이었다.

그런데 그때, 잠자코 두 사람의 대화를 듣기만 하던 헤르스가 입을 열었다.

"진성아, 나한테 괜찮은 생각이 있어."

그리고 피올란과 이안의 시선이 동시에 헤르스를 향했다.

"무슨 생각?"

이안의 물음에 헤르스가 씨익 웃으며 대답했다.

"네 팬클럽에 좀 도와 달라고 하자."

"팬클럽? 그게 무슨 말이야?"

영문을 몰라 어리둥절한 표정인 이안을 대신해, 피올란이 맞장구를 치며 목소리를 높였다.

"아, 맞아요. 그런 방법이 있었네요. 그분들이라면 조금 기꺼이 우릴 도와줄지도 몰라요."

"후후, 소정의 대가만 치른다면 말이죠."

헤르스와 피올란이 북 치고 장구 치며 신나서 계획을 세울 동안, 팬클럽의 존재 자체를 모르는 이안은 계속해서 어리둥절할 수밖에 없었다.

"아무튼 유현아, 그럼 노동력 문제는 해결할 수 있단 얘기야?"

헤르스가 고개를 힘차게 끄덕였다.

"응, 충분히!"

이안은 여전히 조금 미심쩍은 표정이었지만, 헤르스가 워낙 확신에 찬 표정으로 고개를 끄덕이기에 한번 믿어 보기로 했다.

"그럼 이제 완벽한 방어 요새를 위한 설계도를 만드는 작업만 남았군."

이번에는 헤르스가 어리둥절한 표정으로 이안에게 되물었다.

"무슨 설계도? 외벽 쌓는데 설계도까지 필요해? 그냥 쌓으면 되지."

이안이 고개를 저으며 대답했다.

"노노, 그렇게 단순한 성벽 만들 생각 없어. 요새로 만들 거라니까?"

피올란이 흥미로운 표정으로 이안에게 물었다.

"그럼 설계도를 이안 님이 직접 그리시게요?"

이안이 검지손가락을 흔들어 보였다.

"노노, 제가 무슨 설계도를 그려요."

"그럼?"

"전문가를 모실 겁니다."

"전문가요?"

"네. 이미 이진욱 교수님께 의뢰해 놨어요."

헤르스가 어이없는 표정으로 물었다.

"그건 또 무슨 말이야?"

이안이 씨익 웃으며 대답했다.

"우리 학교 건축과 교수님도 카일란 유저시래. 이진욱 교수님께서 영입 제의 하러 가셨어."

"……."

"가상현실이기는 하지만, 이 정도로 대규모 요새의 설계도를 짜는 일이라면 무조건 하고 싶어 하실 거라고 걱정 말라 하시던데?"

"그, 그렇군요."

헤르스와 피올란은 이안의 치밀함에 그저 혀를 내두를 뿐이었다.

중부 대륙 동쪽 사막 지대의 한복판.

3개의 커다란 길드 깃발이 펄럭이는 가운데, 임시로 세워진 막사의 원탁 앞에 세 남자가 앉아 있었다.

그들은 각각 루스펠 제국의 3대 거대 길드인 스플렌더 길드와 오클란 길드, 그리고 밸리언트 길드의 길드마스터였다.

그리고 세 사람의 표정은 무척이나 심각했다.

"타이탄 길드와 다크루나 길드의 전력이 생각보다 무척이나 강력합니다. 아직까지는 어찌어찌 버티고 있지만, 우리 길드도 손실이 너무 커요. 이러다가 중부 대륙 3분의 2 이상을 저들에게 넘겨 줘야 할지도 모르겠어요."

오클란 길드의 길드마스터인 사무엘 진의 말에, 스플렌더 길드의 마스터인 마틴이 대답했다.

"그렇다고 무슨 뾰족한 수가 있는 건 아니지 않습니까? 어떻게든 최전선에서 버텨 내야지요. 혹시 또 모르지 않습니까. 신비 상점에서 마젤란의 징표에 버금가는 아티팩트라도 얻을 수 있을지 말이에요."

신비 상점은 중부 대륙 랜덤한 좌표에 한 번씩 등장하는 상인 NPC였다.

그에게서는 전공 포인트를 소모해 도박성 아이템을 구매할 수 있다.

그런데 얼마 전 마틴이 신비 상인으로부터 괜찮은 아이템을 얻은 것이었다.

사무엘 진이 얼굴을 살짝 찌푸리며 대답했다.

"마틴 님이 운이 좋으셨던 거지. 신비 상점에서 좋은 아티팩트를 얻었다는 이야기를 마틴 님을 제외하면 들어 본 적이 없어요."

"그건 그렇지만, 흠……."

가만히 두 사람의 대화를 듣고 있던 밸리언트 길드의 마스터 로이첸이 입을 열었다.

"아니면 이런 방법은 어떻습니까?"

"어떤 방법요?"

"제가 알아보니, 비교적 경쟁이 적었던 최전방의 거점지들을 50위권 정도 되는 상위권 길드들이 점령해서 방어선을 쌓고 있더군요. 의도적으로 그들의 거점지가 있는 곳까지 후퇴해서 전선을 형성시키고 난 뒤에, 그들의 방어벽과 방어타워를 이용해서 수성하는 방식으로 전쟁을 이끌어 나가는 건 어떨지요."

일리 있는 로이첸의 말에, 나머지 두 사람은 잠시 생각에 잠겼다.

제법 긴 시간동안 침묵이 이어졌고, 가장 먼저 입을 연 것은 사무엘 진이었다.

"괜찮은 생각이기는 하지만, 전 그것조차 위험하다고 생각합니다."

로이첸이 되물었다.

"왜죠?"

"50위권의 길드들이라고 해 봐야 전력이 뻔하지 않습니까. 방어 타워랑 성벽 쌓는 데 한두 푼 들어가는 것도 아니고, 그들도 여차하면 버리고 후퇴할 생각으로 임시로 거점지 점령하고 있는 것일 확률이 높아요. 아마 방어선의 역할도 제대로 못 할 겁니다. 보니까 50위권이 아니라 100위 바깥쪽에 있는 길드도 있던데요?"

"흐음……."

역시 충분히 일리 있는 말이었다.

잠시 머릿속의 생각들을 정리한 사무엘 진이 다시 입을 열었다.

"제 생각에는 말입니다."

"말씀하세요."

"차라리 10~20위권 이내에 있는 길드들의 거점지가 주로 형성되어 있는 중 후방 지역을 중심으로 견고하게 방어성을 구축해서, 거기서 적들을 막아 내는 게 좋을 것 같다는 생각이 드네요."

말없이 앉아 있던 마틴이 고개를 주억거리며 사무엘 진의 말에 동의했다.

"저도 진 님과 같은 생각입니다. 100위권 길드들이 구축해 놓은 방어선으로는 제국군과 카이몬 거대 길드들의 공세를 막아 낼 수 없을 거예요."

비교적 안정적으로 거점지를 키울 수 있는 후방 지역일수록, 더 랭킹이 높은 길드에서 선점했으니 자연스레 거대 길드들의 거점지가 뒤쪽에 형성된 것이었다.

두 사람의 말에 로이첸은 갈등에 빠졌다.

얼핏 합리적으로 보일 수 있는 주장이었지만, 무척이나 이기적인 생각이기도 했기 때문이었다.

'어쩐다……. 우리가 아예 손을 놔 버리면, 전방에 자리 잡은 어지간한 중소 길드들은 죄다 전멸해 버릴 텐데…….'

하지만 가장 중요한 것은 역시 그들 자신의 이익이었고, 결국 로이첸 또한 고개를 끄덕였다.

"그렇게 하죠, 그럼. 어쩔 수 없지만 이게 최선의 선택인 것 같군요."

로이첸의 승낙에 사무엘 진이 고개를 끄덕이며 씨익 미소를 지었다.

"오케이, 그럼 여기 계신 분들은 모두 동의하신 걸로 알고 우린 내일부터 전방에 지원 나가 있던 길드원들을 조금씩 뒤로 빼겠습니다."

마틴이 고개를 주억거리며 입을 열었다.

"너무 빨리 방어선이 무너지면, 후방 방어 기지 구축할 시간이 부족할지도 모르니, 병력은 천천히 빼는 거로 하죠."

로이첸은 조금 찜찜한 표정이었지만, 이내 고개를 끄덕였다.

"……그럽시다."

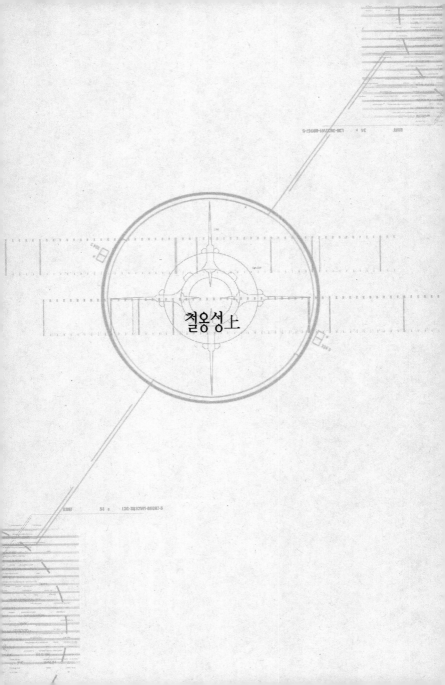

철옹성上

Taming Master

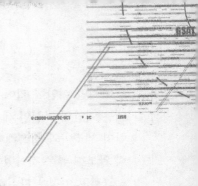

　—로렌 : 정말 우리 뿍뿍이와 라이를 만나볼 수 있는 건가요?

　—피올란 : 그럼요. 이안 님은 덤으로 만날 수 있고요. 게다가 이안 님이 공헌도가 높은 분들은 직접 제작하신 부적도 하나씩 드린다고 했습니다.

　—로렌 : 오, 그런……! 이안 님께서 직접 제작하신 부적이라면, 그 경매장에도 없어서 못 판다는……!

　제작 스킬을 배운 뒤 이안은 틈날 때마다 부적을 만들어 왔다.

　그리고 사용하기 애매한 능력치의 부적들을 죄다 경매장에 올려서 일정 가격에 판매하고 있었는데, 그 인기가 엄청나서 경매장에 올렸다 하면 곧바로 판매되는 기염을 토하고 있었다.

하지만 이안이 찍어 내는 부적 양이 워낙 많아서 부적 판매는 이안의 가신인 세리아에게 전부 위임되어 있었고, 피올란이 세리아와 접촉해서 팬클럽의 회원들에게 줄 선물을 미리 확보해 놓은 것이었다.

그리고 이것은 확실히 효과가 있었다.

−피올란 : 후후, 우리 길드에서 미리 확보해 놓은 부적들이 있습니다. 심지어 이번에는 신상품인 뿍뿍이 문양, 라이 문양의 부적도 준비되어 있죠.

−로렌 : 저, 정말인가요? 시, 신상이라고요?

−피올란 : 어때요, 로렌 님. 이 정도면 러블리안 회원님들의 마음이 제법 동하겠죠?

−로렌 : 물론이죠! 그저 이안 님의 존안과 뿍뿍이의 뿍소리만 들을 수 있어도 달려갈 팬클럽 회원들이 수두룩할 텐데, 심지어 이안 님 손으로 직접 제작한 신상 부적까지 얻을 수 있는 기회라니⋯⋯!

−피올란 : 좋아요, 역시 로렌 님! 감사해요! 그럼, 회장님만 믿도록 하겠습니다.

−로렌 : 감사는 제가 드려야 할 것 같군요, 피올란 님. 이번 거사가 끝나면 회원 등급을 올려 드리도록 하죠.

−피올란 : 영광입니다, 회장님.

피올란이 이렇듯 이안 팬클럽의 사정을 잘 알고 있는 데는 이유가 있었다.

바로 그녀 또한 러블리안의 회원이었기 때문이다.

처음에는 호기심으로 가입한 팬 카페였지만, 지금은 누구보다 열렬히 활동 중인 네임드 팬이었다.

목적을 달성한 피올란이 뿌듯한 표정으로 중얼거렸다.

"후후, 좋아. 역시 먹힐 줄 알았어."

러블리안의 회원들이 몰려온다면 노동력 걱정을 할 필요는 없을 것이다.

팬 카페의 유저들 중에는 고레벨 유저도 다수 포함되어 있기 때문에, 중부 대륙에 오기 힘든 낮은 레벨의 유저들이라고 해도 그들의 도움을 받아 넘어올 수 있을 것이다.

"그나저나, 이제 이안 님을 구워삶아야 하는데……."

하지만 넘어야 할 산이 하나 남아 있었다.

흥이 난 피올란이 공수표를 던진 탓이었다.

"그래도 노동력을 효과적으로 얻어 낼 수 있는 방법인데, 군말 없이 해 주시겠지?"

바로, 뿍뿍이와 라이의 문양이 담긴 부적이 문제였다.

그것은 애초에 없는 물건이었기 때문이다.

'너무 즉흥적으로 던진 말이었나? 뿍뿍이 문양 부적이 만들기 불가능한 건 아니겠지?'

피올란은 조금 불안한 표정이 되었지만, 이내 고개를 휘휘 젓고 이안이 있는 막사를 향해 종종걸음으로 달려갔다.

"그러니까…… 제가 팬클럽이 있었다는 거죠?"

"몇 번을 물어봐요, 이안 님. 그렇다니까."

"그리고 그 팬클럽 분들이 기꺼이 우릴 도와주기로 했고?"

"네. 그렇죠."

이안이 한숨을 푹 내쉬었다.

"전 지금부터 하루 종일 부적만 그려야 되겠네요."

오전부터 잡혀 있던 길드 사냥에 참여하지 못한다는 생각에 시무룩해진 이안을 보며, 피올란이 멋쩍은 웃음을 지어보였다.

"하, 하하……. 요 며칠 동안 죽어라 사냥만 하셨으니, 좀 쉬어간다는 생각으로……."

이안이 오른쪽에 앉아 실실 웃으며 두 사람의 대화를 지켜보고 있던 헤르스를 향해 고개를 돌렸다.

"유현아."

"응?"

"지금 최전방 전선은 어디까지 밀렸냐?"

잠시 품에서 지도를 꺼내 뭔가를 확인한 헤르스가 천천히 대답했다.

"으음…… 그저께 확인했을 때보다 1,500미터 정도 더 동쪽으로 밀렸네."

이안이 표정을 살짝 찌푸렸다.

"후, 생각보다 더 빠르게 밀려 내려오네. 주변에 사막 전사나 중립 NPC들 현황은 어때? 오늘 공격 들어올 일은 없겠어?"

중부 대륙의 곳곳에는 어느 진영에도 우호적이지 않은 중립 NPC들이 많았다.

사막 전사 또한 그들 부족 중 하나였지만 마젤란의 징표로 인해 카이몬 제국에 우호적인 부족으로 바뀌게 된 것이었고, 그들 외에도 크로우 도적단이나 스콜피온 주술단 등, 알려진 중립 NPC가 꽤 있다.

아직 카이몬 제국의 군대로부터는 안정권에 있었지만 언제 중립 부족들에게 공격당할지도 모르는 것이었기에, 이안이 물어본 것이었다.

"응, 주변에 발견된 중립 NPC는 없어. 어제 이미 한차례 막아 냈잖아. 그리고 만약 공격 들어온다고 해도, 이제 방어 타워들을 워낙 많이 지어 놔서 어지간한 규모의 공격은 쉽게 막을 수 있어, 걱정 마."

뭔가 핑계를 만들어 노가다의 늪에서 빠져나가려는 이안의 속셈을 파악한 피올란이 재빨리 거들었다.

"그래요. 이안 님 없어도 충분히 막을 수 있으니까 걱정 마요."

"하아……."

한숨을 쉬는 이안을 보며, 피올란이 한마디 덧붙였다.

"오늘 하루 제작 스킬 숙련도 올린다고 생각하고, 힘 좀 내 봐요."

잠시 뭔가를 생각하던 이안이 다시 입을 열었다.

"그러면, 피올란 님."

"네."

"오늘 길드 사냥에서 미샬 님은 빼 줘요."

뜬금없는 이안의 말에 피올란이 의심쩍은 목소리로 되물었다.

"네? 미샬 님은 왜요? 미샬 님 화염 마법이 광역 사냥에 정말 도움 많이 되는데…….."

하지만 이안에게는 미샬이 꼭 필요했다.

"미샬 님이 있어야 뾱뾱이 문양이든 라이 문양이든 만들 수 있어요."

"……?"

"문양 제가 디자인하면 아마 라이 문양은 비루먹은 강아지처럼 완성될걸요?"

"아…… 그런 이유라면 뭐."

그제야 미샬이 디자인 전공이었던 것을 기억해 낸 피올란이 고개를 끄덕였고, 옆에 있던 헤르스가 피식 웃으며 한마디 했다.

"그럼, 미샬 님이랑 오붓한 시간 보내라."

이안이 인벤토리 안에서 부적 재료들을 하나씩 꺼내며 힘없이 고개를 끄덕였다.

"그래."

그 뒤로 로터스 길드의 거점지 요새화 작업은 일사천리로 진행되었다.

이안의 팬클럽을 통해 퍼진 특별한 이벤트는 공식 커뮤니티를 거쳐 빠르게 퍼져 나갔고, 심지어 피올란이 언급했던 적 없던 내용까지 와전되어 알려졌다.

예를 들면…….

─뾱뾱이 문양 부적은 이안 님이 이번 작업에 참여한 유저들에게만 선물해 주기 위해 특별히 만드신 리미티드 에디션이래!

─이번 성벽 쌓기 작업에 참여한 유저들을 로터스 길드에 받아 주신다는 얘기도 있어!

……와 같은 것들이었다.

어찌 되었든, 로터스 길드의 성벽 증축 공사 현장에는 수많은 인파가 몰리게 되었고, 이안의 팬클럽이 아님에도 인근 중부 대륙에서 사냥 중이다가 호기심에 로터스 길드의 거점지를 찾아온 이들도 있었다.

그리고 공사 현장의 한복판에서, 이안은 누군가와 진지한 대화를 나누고 있었다.

"교수님, 그러니까 이 부분은 이런 식으로 쌓아 올리면 된다는 거죠?"

"그렇지. 젊은 친구가 말귀를 잘 알아들어서 좋구먼. 여기는 이런 식으로 뚫어 놔야 일단 적들이 진입해도 손쉽게 고립시킬 수가 있어."

두 사람 중 한 명은 이안이었고, 다른 한 명은 이진욱 교수의 초빙을 받은 한국대학교의 건축과 교수였다.

"확실히 전문가는 다르십니다, 교수님. 정말 이대로 완성되기만 한다면 백만 대군도 막아 낼 수 있겠어요."

"크하핫, 자네 마음에 드는구먼. 가상현실과 학생이라 했는가?"

"그렇습니다, 교수님."

"이번 프로젝트가 끝나면 우리 건축과로 전과하는 건 어떤가. 자네같이 똘똘한 인재를 제자로 두고 싶은데 말이지."

이안은 식은땀을 닦으며 기어들어 가는 목소리로 대답했다.

"그, 그건 좀⋯⋯."

유래 없을 정도로 엄청난 대규모의 건설 현장이다 보니 여기저기서 자잘한 문제가 생겨나기도 했으며, 로터스 길드의 풍족했던 자금도 빠르게 축나기 시작했지만 이안은 요새를 보며 뿌듯함을 감출 수 없었다.

'생각보다 공사 속도가 빠르잖아! 확실히 전선이 여기까지 밀려 내려오기 전에 완공할 수 있겠어.'

이안은 전체가 내려다보이는 고지대로 올라가 서쪽으로 길게 이어진 성벽을 바라보았다.

그리고 입꼬리를 씨익 말아 올렸다.

Taming
Master
테이밍마스터

'흐흐, 이제 성벽 안쪽으로 전쟁 교역소만 집어넣을 수 있으면 완벽하겠군. 2차 외벽까지 지어지면 충분히 범위 안으로 들어올 것 같은데…….'

전쟁 교역소가 거점지 내부로 들어오게 된다는 것은 큰 의미가 있었다.

일단 전쟁 교역소의 이점을 로터스 길드에서 독점할 수 있게 되는 것이 첫째요, 둘째로는 거점지가 적들에게 완벽하게 둘러싸여서 고립되더라도 자원의 자체 수급이 가능하게 된다는 점이었다.

'방어전만 계속 해도 전공 포인트는 넘칠 정도로 쌓일 테니까 말이지.'

중부 대륙에서는 모든 전투에서 보상으로 전공 포인트를 획득할 수가 있다.

심지어 적국의 NPC나 유저를 상대하면 그 보상이 더욱 커졌으니, 끝없는 전쟁이 곧바로 자원 수급으로 이어진다는 얘기였다.

'전쟁 교역소와 가까운 곳으로 거점지를 점령한 게 정말 신의 한 수였어.'

당시에는 그저 이동이 편하기 위해서 가까운 곳에 있는 거점지를 고른 것이었지만, 이렇게 쓰게 될 줄은 몰랐던 것이었다.

이안이 이런저런 생각을 하며 공사 현장을 둘러보고 있는

데, 뒤쪽에서 그를 부르는 목소리가 들려왔다.

"이안 님!"

이안의 시선이 반사적으로 뒤쪽을 향해 돌아갔고, 와이번의 등에 올라탄 로렌이 이안의 옆으로 빠르게 날아왔다.

"아, 안녕하세요, 로렌 님."

와이번의 등에서 폴짝 뛰어내린 로렌이, 이안이 내민 손을 맞잡으며 대답했다.

"네, 맞아요! 로렌이에요. 절 어떻게 알고 계세요?"

초롱초롱한 눈을 한 채 뚫어지게 쳐다보는 그녀를 보며, 이안은 멋쩍은 표정이 되었다.

"하, 하하. 로렌 님이야 당연히 알고 있죠. 소환술사 랭킹 1위이신 분을 제가 모를 리가요. 오래 전부터 알고 있었습니다, 로렌 님."

이안의 말은 빈말이 아니었다.

그는 정말로 로렌을 아주 오래 전부터 알고 있었다.

심지어는 그녀를 찾으려고 했던 적도 있었던 것.

'소환수 알에 관한 정보를 가장 먼저 얻었다고 했던 소환술사 이름이 로렌이었지.'

이안의 기억력은 타의 추종을 불허할 정도였다.

그는 오래 전, 심연의 호수를 건너는 배에서 짧게 들었던 그 이름을 기억해 낸 것이었다.

그리고 자신을 알고 있었다는 그의 말에, 로렌의 커다란 두 눈에 더욱 생기가 돌았다.

"이안 님이 절 알고 계셨을 줄은 정말 몰랐어요! 그나저나 제가 소환술사 랭킹 1위라니요. 1위가 이안 님인 건 모두가 다 알고 있는 사실인 걸요."

부담스러울 정도로 옆에 찰싹 달라붙으며 재잘재잘 말을 잇는 그녀를 보며 이안은 어쩔 줄 몰라 하는 표정이 되었다.

"그, 그런가요?"

그렇게 잠시 동안 로렌과 대화를 나누며 걷고 있던 그때,

멀찍이서 무척이나 익숙한 여성의 실루엣이 이안의 시야에 들어왔다.

"박진성, 여기서 뭐 하고 있는 거야 지금……?"

그리고 왜인지는 알 수 없었지만, 이안의 낯빛이 하얗게 물들기 시작했다.

전운이 감도는 진성의 자취방.

"그게…… 하린아, 오해라니까?"

"뭐가 오핸데?"

"로렌 님은 그냥 오늘 처음 알게 된 분이야. 우리 길드 요새 증축 작업 도와주신다고 오신 고마운 분이라고. 그냥 '대화'하고 있었던 것뿐이야, 대화!"

"그렇구나, 대화를 하고 있었던 거였구나. 옆구리에 완전 딱 달라붙어서 대화하던데. 예쁜 여자가 옆에 딱 붙어 있으

니까 좋지?"

"아, 아니, 그게……!"

"흑흑, 박진성 여자친구가 누군지는 모르겠지만 너무 불쌍해…… 흑흑, 얼마나 서러울까……."

"으아아."

사실 하린은 누구보다 진성을 잘 알고 있었다.

그녀가 아는 진성은 예쁜 여자보다 게임 퀘스트가 2만 배 정도는 더 중요할 것이었다.

그렇기에 로렌과 이안이 아무 관계가 아니라는 것쯤은 굳이 변명을 듣지 않더라도 이미 파악하고 있었던 것이다.

'그래도 괘씸하잖아? 이럴 때 약점이라도 잡아 놔야 다음에 놀러가자고 해도 군말 없이 따라 나오겠지.'

진성과의 관계를 진전시키기 위해서는 조금 미안하지만 어쩔 수 없다는 합리화를 하며, 하린은 계속해서 시무룩한 얼굴로 연기했다.

"흑흑, 나 너무 슬퍼……."

그러자 진성은 안절부절못하기 시작했다.

"왜 그래 하린아, 진짜 그런 거 아니라니까?"

"뭐가 아니야, 흑흑. 좋아한다는 말도 한 번 안 해 주더니, 다 이유가 있었어."

은근슬쩍 듣고 싶은 말을 유도하는 하린이었다.

하지만 진성은 달리 연애 고자가 아니었다.

'하린이가 중부 대륙에 온 뒤로 요리 숙련도를 못 올려서 나한테 삐진 건가?'

놀라울 정도로 창의적인 해석을 한 진성이 조심스레 입을 열었다.

"으, 요즘 내가 너무 바빴어. 미안해. 요즘 너무 심심했지? 내가 중부 대륙 거점지에도 주방 시설 만들어 줄게. 화 풀어, 응?"

하린은 어이가 없어서 순간 몸이 휘청거렸다.

"뭐……?"

진성이 계속해서 말을 이었다.

"내가 다음 번에 사냥 나가면 요리 재료도 많이 채집해 올게. 중부 대륙에는 네가 써 보지 못한 희귀한 요리 재료도 엄청 많을 거야."

"……."

하린은 부글부글 끓는 속을 겨우 다스리며 두 눈을 질끈 감았다.

'하, 이 바보를 대체 어떻게 해야 하지?'

반면에 하린이 잠잠해지자 진성은 뿌듯한 표정을 지으며 속으로 생각했다.

'역시, 그래서 서운했던 거였어! 하린이도 내가 모솔인 걸 아는데 여자 때문에 삐졌을 리 없지!'

잠시 후, 겨우 분노를 진정시킨 하린이 다시 입을 열었다.

"너, 나 좋아하는 거 맞아?"

어지간한 철학적 화두보다 열 배는 심오하고 난해한 질문.

하린의 화가 풀릴 것이라 생각했던 진성의 눈빛이 흔들렸다.

진성은 침착한 목소리로 대답했다.

"그, 그럼! 내가 널 얼마나 좋아하는데!"

하린이 한숨을 푹 내쉬며 다시 말을 이었다.

"정말?"

"그렇다니까?"

"그럼, 증명해 봐."

"어, 어떻게?"

하린이 눈을 감으며, 한 손을 들어 자신의 볼을 가리켰다.

"여기다가 뽀뽀…… 한번 해 봐."

당황한 진성이 반사적으로 되물었다.

"뭐?"

"빨리 해 봐. 그럼 내가 이번 한 번만 봐 줄게."

생각지도 못했던 전개에 진성은 당황했지만, 하린은 진심이었다.

망설이는 진성을 향해 하린이 재촉했다.

"뭐 하는 거야, 안 할 거야? 나 좋아한다는 거 거짓말이었어?"

"아, 아니야! 할게, 할 거야!"

진성은 벌떡 일어나 하린의 옆으로 가 앉았다.

그리고 두 눈을 살짝 감고 하린의 볼을 향해 얼굴을 가져다 대었다.

진성으로서도 하린의 볼에 입을 맞추는 것이 싫을 리가 없었다. 다만 마음의 준비가 되지 않아 심장이 요동치는 것이 문제였을 뿐.

'침착하자, 진성아!'

그런데 잠시 후.

쪽-!

진성은 벼락이라도 맞은 듯 온몸이 굳어 버리는 것을 느꼈다. 하린의 볼이 아닌 입술이 그의 입술과 맞닿았기 때문이었다.

"……!"

하지만 그 입술을 떼고 싶지는 않았고, 진성은 자신도 모르게 두 팔을 들어 하린의 등을 살짝 감싸 안았다.

그러자 하린의 몸이 미세하게 떨리는 것이 느껴졌다.

그렇게 한참 동안 시간이 멈추기라도 한 듯, 가볍게 맞닿은 두 사람의 입술은 떨어질 줄을 몰랐다.

루스펠 제국 소속의 대표적인 거대 길드라고 할 수 있는 3

대 길드의 전력이 전방에서 빠져나가자, 그렇지 않아도 밀리던 방어 전선이 더욱 빠른 속도로 동쪽을 향해 움직이기 시작했다.

생각보다 방어 전선이 빠르게 밀려 내려오자, 요새가 완공될 때까지는 최대한 시간을 벌어야 했던 로터스 길드도 남는 전력으로 최전선을 도왔지만 역부족이었다.

이안도 두 차례나 참전했지만, 아무리 동분서주해도 일전에 그랬던 것처럼 이길 수는 없었다.

'이대로라면 정말 아슬아슬한데…….'

골치 아픈 표정으로 성곽에 걸터앉아 있는 이안의 옆으로, 피올란이 다가왔다.

"무슨 생각하세요, 이안 님?"

이안이 짧게 한숨을 내쉬며 대답했다.

"뭐, 어떻게 하면 조금이라도 시간을 벌 수 있을지 생각하고 있었죠."

"아하……."

이안이 자리에서 일어서며 다시 입을 열었다.

"피올란 님, 가셨던 일은 어떻게 되셨나요? 협조는 좀 구했어요?"

이안의 물음에 피올란은 힘없이 고개를 저었다.

"아무리 설득해 봐도 꿈쩍도 안하네요."

"뭐라고 하는데요?"

피올란이 뒷머리를 긁적이며 대답했다.

"음…… 그냥 오리발만 내밀어요. 자신들 길드에서도 최선을 다하고 있다고, 단지 후방에 인력이 필요해서 전방에 있던 길드원들을 빼 온 것뿐이라고 말이죠."

이안의 미간이 조금 좁아졌다.

"흠, 최소 얼굴에 철판 두세 장은 깔았네요. 딱 봐도 전방 전선 버리고 후방으로 빠지려는 움직임인데……."

"그러니까요. 그래서 저도 조금만 시간 더 벌어 주면 전방 기지를 기반으로 막아 낼 수 있다고 도와 달라고 그랬는데, 씨알도 안 먹히더라고요."

피올란의 말에 이안이 고개를 끄덕이며 대답했다.

"그렇겠죠. 그들은 애초에 전방 기지에 최전선이 형성되는 것을 원하지 않으니까요."

피올란이 의아한 표정으로 되물었다.

"왜죠?"

"우리같이 어중간한 규모의 길드들이 주로 밀집해 있는 전방에서 최전선이 형성된다면, 그들로서는 배가 아플 수밖에 없죠. 전투에서 전공을 많이 세울수록 전공 포인트를 비롯해 어마어마하게 많은 보상들이 생기니까요."

"아니, 우리만 싸우나? 그들도 주력 부대를 이쪽에 주둔시키면 되는 거 아니에요?"

이안이 고개를 저으며 다시 설명을 시작했다.

"물론 그렇긴 하지만, 최전선에 거점지를 가지고 있는 길드들은 방어 타워까지 적들을 공격하는 데 활용할 수 있잖아요."

"아하!"

"우리 거점지에 지어진 방어 타워 보셨으니 아시겠지만, 그 위력이 정말 어마어마하잖아요. 가장 기본 방어 타워만 해도, 어지간한 최상위 레벨 유저 두엇 이상의 위력을 내니까요. 아마 요새가 제대로 완성되고, 계속해서 우리 거점지 주변에 전선이 형성되면, 아마 우리는 엄청난 이득을 볼 수 있을 거예요."

피올란이 고개를 주억거리며 대답했다.

"정말 그러네요. 게다가 전투가 없을 때는 전쟁에 참여하는 NPC나 유저들이 머물면서 수익 창출도 되겠어요."

"그렇죠. 유저들이 우리 거점에 있는 상점이나 경매장을 이용하면 그게 곧 세금으로 돌아올 테니까요."

피올란이 감탄어린 눈빛으로 이안을 보며 입을 열었다.

"와, 그럼 이안 님은 모두가 꺼려하던 이 위치에 거점지를 점령할 때부터 여기까지 생각하신 건가요?"

그 물음에, 이안은 피식 웃으며 고개를 저었다.

"그건 아니에요. 처음에는 그냥 틈새시장을 노렸던 거죠."

"에이, 너무 겸손한 거 아니에요?"

"겸손이 아니라 정말이에요. 제가 중부 대륙 거점지에 지을 수 있는 방어 타워나, 생산할 수 있는 병사들이 이렇게 강력할 줄 미리 알았겠어요? 어쩌다 보니 얻어걸린 거죠, 뭐."

"그건 그러네요."

이안이 말을 이었다.

"그리고 사실 성배 아니었으면 지금 이렇게 대규모 공사를 진행할 수도 없었어요. 성배가 거점지 성장 속도를 두 배로 빠르게 만들어 주니까, 이 정도까지 가능했던 거죠."

이안은 고개를 돌려 완성이 얼마 남지 않은 요새를 훑어보며 생각에 잠겼다.

'정말 아귀가 딱딱 맞아떨어졌어. 홀드림의 성배나 전쟁교역소 둘 중 하나만 없었어도 이런 계획은 세우지 못했을 거야.'

생각에 잠겨 있는 이안을 향해, 피올란이 걱정스러운 목소리로 물었다.

"그래도 안심할 수는 없겠어요. 어떻게든 루스펠 제국군과 다른 중소 길드들이 버텨 주면 우리 거점지를 기점으로 전선이 형성되겠지만, 그렇지 못하면 망하는 거잖아요?"

피올란의 말에 이안이 딱 잘라 대답했다.

"전선은 동쪽으로 계속 밀릴 겁니다."

"네?"

"우린 아마 고립되겠죠."

거대 길드들이 작당하고 전력을 뒤로 물린 이상, 중소 길드들과 일반 유저들이 아무리 노력해 봐야 전선은 동쪽으로 계속 밀릴 수밖에 없을 것이다.

'그렇게 되면 우리 거점지만 적진 한복판에 덩그러니 남겠지.'

이안도 처음에는 설마설마 하는 마음이었지만, 이제는 그렇게 될 것임을 거의 확신하고 있었다.

며칠 전 직접 전투에 참여해 본 뒤 더욱 확신하게 된 것이다.

그렇다면, 모든 자원을 쏟아 부어 만들어 낸 이 요새가 얼마 동안이나 집중 공세를 버텨 줄 것인지가 관건이었다.

'과연 얼마나 버틸 수 있을까?'

카이몬 제국의 영역 한복판에서 얼마 동안 버텨 낼 수 있을지는 모르겠지만, 이안은 최대한 노력해 볼 생각이었다.

'두 달? 아니, 한 달만 버텨도 본전 이상은 충분히 뽑아 먹을 수 있을 거야.'

사방에서 밀려 들어오는 카이몬 제국군을 한 차례만 막아 내도, 어마어마한 보상을 얻을 수 있을 것이다.

어렵기야 하겠지만, 버티면 버틸수록 로터스 길드는 기하급수적으로 성장할 것이 분명했다.

피올란이 다시 입을 열었다.

"그럼 이안 님은, 적진 한복판에서 버텨 낼 생각으로 요새를 지었던 거예요?"

이안이 고개를 끄덕였다.

"맞아요, 피올란 님."

피올란이 고개를 절레절레 저었다.

"하, 이안 님 무모한 건 알고 있었지만, 이번엔 정말 역대 급이네요."

이안이 웃으며 대답했다.

"그건 나도 인정."

피올란도 마주 웃었다.

"아니, 이렇게 심각한 상황에 너무 해맑은 거 아니에요?"

"걱정 마요, 피올란 님. 이건 그래도 제법 승산 있는 도박 이니까."

잠시 뜸을 들인 이안이 천천히 다시 입을 열었다.

"못해도 본전은 뽑아 낼 거니까, 나만 믿어요."

그로부터 사흘 뒤, 카이몬 제국의 작전기지.

양쪽으로 늘어앉은 제국의 장교들과 그 뒤에 도열한 기사 들이 진지한 표정으로 작전 회의를 하고 있었다.

그런데 총 서른 명 정도의 인원이 들어찬 이 작전 회의실 안에, 유저는 고작 다섯 명 뿐이었다.

다크루나 길드의 길드마스터 이라한과, 타이탄 길드의 길 드마스터인 샤크란.

그리고 개별적으로 카이몬 제국 기사단에 입단하여 고위 기사로 승급을 성공한 세 명의 랭커 유저가 그들이었다.

이라한과 샤크란은 제국 기사단의 소속이 아니었지만, 후작이라는 높은 귀족 작위를 가진 유일한 유저들이었기에 이 자리에 있을 수 있었다.

가운데 자리한 상석에 앉은 사령관이 천천히 입을 열었다.

"제군들의 용맹에 힘입어, 우리 카이몬 제국군은 루스펠의 허약한 군대를 물리치고 연전연승을 거듭하고 있다."

잠시 뜸을 들인 그가 좌중을 둘러본 뒤 말을 이었다.

"그 결과 바로 오늘! 우리는 중부 사막지대를 온전히 손에 넣을 수 있게 되었다."

중부 대륙은 대부분이 사막화되어 있는 척박한 땅이었다.

하지만 그 중에도 대륙의 가장 중심부인 중부 사막 지대는 어떠한 거점지도 존재하지 않는 황량한 지대를 의미했는데, 이곳에서 지금까지 양 대륙이 치열한 접전을 벌이고 있었다.

그 말인 즉, 최전방에 자리 잡고 있는 로터스의 거점지 바로 코앞까지 카이몬 제국군이 도달했음을 의미했다.

사령관의 말이 계속해서 이어졌다.

"아마 이제까지보다는 적들의 저항이 드셀 것으로 예상되니, 방심은 금물이다."

자리에서 일어난 그가 이라한을 향해 시선을 돌렸다.

"이라한 후작, 그대가 이쪽으로 나와 우리 군대가 맞서야 할 적들에 대해 분석해 보시게."

이라한은 마젤란의 증표를 이용해 지속적으로 커다란 공

을 세웠고, 그랬기에 사령관의 신임을 얻을 수 있었다.

만족스러운 미소를 지으며 일어난 이라한이 앞으로 나가 지도를 짚으며 설명하기 시작했다.

"여기 이쪽이 루스펠 제국군의 본대가 주둔해 있는 지역입니다. 우리가 1킬로미터 정도만 전진하면 만날 수 있는 바로 그 지형이죠."

좌중의 시선이 지도를 향해 고정되었다.

"하지만 이곳은 동고서저의 지형으로, 이곳에서 싸운다면 우리는 필연적으로 적을 올려다봐야 하는 불리함 속에서 전투를 치러야 합니다."

사령관이 고개를 끄덕이며 동의했다.

"확실히 그렇긴 하군."

이라한의 말이 이어졌다.

"게다가 입구가 그리 넓지 않아서 한 번에 많은 부대가 진입하기에는 적절치 못한 지형이기도 합니다."

"그 또한 맞는 말이지."

지도의 앞으로 한 걸음 더 가깝게 다가간 이라한이 손가락으로 짚고 있던 부분의 위아래에 번갈아 가며 붉은 잉크를 묻혔다.

"그래서 우리는 병력을 나눠서 이렇게 세 군대로 진입해야 합니다."

이라한의 이야기를 듣던 장교 한 명이 의아한 표정으로 입을 열었다.

"흐음…… 그렇게 하면 중앙 지역에 주둔해 있는 루스펠 제국군에 비해 병력이 너무 많이 부족하지 않겠습니까?"

이라한이 고개를 끄덕였다.

"물론 그렇습니다. 그래서 중앙 지역에서는, 우린 싸우는 '척'만 할 겁니다."

"싸우는 척이라……?"

"중앙 지역에서는 최소한의 병력으로 루스펠 본대의 시선을 끌어 주면서, 위아래로 주력 병력을 보내 단숨에 방어선을 뚫자는 겁니다."

그의 설명을 가만히 듣고 있던 사령관이 천천히 입을 열었다.

"괜찮은 작전일세. 하지만 자네가 표시한 그 지역에는 루스펠 소속 길드들의 거점지가 길목마다 막고 있지. 그 거점들을 먼저 점령해야 자네가 말한 작전이 가능할 텐데, 계획은 있는가?"

이라한은 기다렸다는 듯 고개를 끄덕이며 대답했다.

"물론입니다. 우리 다크루나 길드와 샤크란 후작의 타이탄 길드가 책임지고 거점을 공격하도록 하겠습니다."

이 부분은 샤크란과 미리 이야기가 되어 있던 부분이었다.

제대로 된 방어력조차 갖추고 있지 않을 게 분명한 어중간한 루스펠 길드들의 거점지를 두 거대 길드가 사이좋게 나눠

먹기로 합의했던 것이었다.

사령관이 샤크란을 향해 시선을 돌리며 물었다.

"샤크란 후작, 믿어도 괜찮겠는가?"

샤크란이 살짝 고개를 숙여 보이며 예를 취했다.

"그렇습니다, 사령관님. 실망시켜 드리지 않도록 하겠습니다."

전략 회의가 끝난 뒤, 루스펠 제국의 길드 거점지 공략을 맡은 샤크란과 이라한이 야영지를 천천히 걸으며 대화를 나누고 있었다.

두 길드에서 어떻게 병력을 나눠 분담할지 정하기 위함이었다.

"그러니까, 다크루나 길드에서 북쪽을 공략하겠다 그 말인 겁니까?"

샤크란의 말에 이라한이 고개를 끄덕이며 대답했다.

"그렇습니다. 저희가 북쪽을 맡도록 하죠."

"흐음……."

샤크란은 미심쩍은 눈초리로 이라한을 슬쩍 쳐다보았다.

'대체 무슨 꿍꿍이인 거지? 북쪽 진입로가 남쪽보다 공략하기 훨씬 힘들 텐데…….'

북쪽 진입로는 바로 로터스 길드의 거점지가 자리한 곳이었다.

로터스 길드에서 거금을 들여 방어진을 구축하고 있다는 이야기는 커뮤니티를 통해서 이미 파다하게 퍼진 상태였고, 그렇기에 샤크란은 의아할 수밖에 없는 것이다.

　　'물론 다른 거점들보다 건물도 많이 올라가 있고 자리가 잡혀 있는 로터스의 거점지를 얻으면 좋기는 하겠지만, 그게 리스크를 감수할 정도는 아닐 것 같은데…….'

　　이라한도 분명, 미리 정보를 수집하여 루스펠 제국의 최전방 거점지들의 방어력을 조사해 놓았을 것이다.

　　'물론 로터스 영지가 아무리 방어 타워를 많이 지어 놓았다고 해도 못 뚫을 정도는 아니겠지만 피해가 제법 클 텐데, 분명히 내가 모르는 뭔가가 있어…….'

　　샤크란은 속내를 숨기고 일단 고개를 끄덕였다.

　　표면적으로는 당연히 공략하기 쉬운 남쪽 진입로를 맡는 것이 훨씬 이득이었으니까.

　　남쪽 진입로에 들어서 있는 거점지들은, 로터스 길드의 거점지에 비하면 무주공산이라고 할 수 있을 정도로 방어력이 부실했다.

　　"뭐, 다크루나 길드에서 어려운 공격로를 맡아 주신다고 하면, 저희야 고맙지요."

　　이라한이 사람 좋은 미소를 지어 보이며 입을 열었다.

　　"하하, 마젤란의 징표 덕에 길드 병력도 제법 많이 모았고, 이럴 때 한번 희생하는 게 랭킹 1위 길드의 덕목 아니겠습니까? 후후."

샤크란은 기분이 언짢아지는 것을 느꼈지만, 그것을 티 낼 정도로 어리숙한 인물은 아니었다.

"그럼, 행운을 빕니다, 이라한 님. 무사히 북부 진입로를 뚫고 사흘 뒤에 봅시다."

이라한이 고개를 끄덕였다.

"예, 타이탄 길드도 무운을 빕니다."

샤크란이 피식 웃으며 걸음을 돌렸다.

"남부 진입로는 어차피 허수아비밖에 없을 텐데…… 무튼 고맙군요."

샤크란이 천천히 타이탄 길드의 진영을 향해 멀어져 가자, 잠시 그 뒷모습을 보고 있던 이라한이 낮은 목소리로 중얼거렸다.

"후후, 내가 왜 북부 진입로를 고집하는지 궁금하겠지."

사실 이라한도 처음에는 남부 진입로에 무혈입성하려는 계획을 가지고 있었다.

한데 루스펠 제국 진영 쪽에 심어 놓은 세작으로부터 엄청난 정보를 듣게 된 것이었다.

'길드 랭킹 100위에도 들어가 있지 못한 허접한 길드에서 전쟁 교역소를 독점하고 있을 줄은 생각도 못했지.'

바로 로터스 길드의 거점 내부에 전쟁 교역소가 위치해 있다는 정보였다.

이라한은 마젤란의 징표를 얻었음에도 불구하고, 전쟁의 탑을 타이탄 길드가 거의 독점하다시피 하고 있었기에 차이를 크게 벌리지 못한 것이 계속해서 불만이었다.

이런 상황에서 전쟁의 탑에 버금가는 중립시설인 전쟁교역소를 얻을 수 있는 기회는 천금보다 값어치가 큰 것이었다.

'후후, 로터스 길드라고 했었나? 어리석은 놈들. 100위권 길드가 아무리 성벽을 쌓고 방어 타워를 짓는다고 해 봐야 전력 차이를 극복할 수 없을 텐데, 쯧.'

로터스 길드의 방어성 구축은 커뮤니티 안에서도 제법 여러 번 이슈가 됐었기 때문에 이라한도 알고는 있었다.

하지만 이라한에게는 그저 재롱으로 보일 따름이었다.

이라한이 입꼬리를 슬쩍 말아 올리며 중얼거렸다.

"힘의 차이를 확실히 보여 줘야겠군."

띠링—!

-로터스 촌락의 등급이 '영지'로 승급을 위한 모든 조건을 충족하였습니다.

-기존에 '로터스 영지'라는 이름이 존재하기 때문에 영지의 새로운 이름을 설정해야 합니다.

-지명을 따 '파이로 영지'라는 이름을 부여할 수 있습니다. 부여하시

겠습니까?

이안은 고개를 끄덕였다.

"'파이로'로 한다."

–거점의 이름이 '파이로'로 설정되었습니다.

–거점지 등급을 '영지'로 승급하려면, 귀족 작위를 가진 영주가 필요합니다.

지금까지는 촌락 등급이었기 때문에 임시로 일반 유저가 촌장을 맡고 있었지만, 이제는 계속해서 영지의 내정을 맡아 줄 영주를 정해야 했다.

이안은 옆에 서 있던 헤르스와 피올란을 향해 고개를 돌리며 물었다.

"헤르스, 네가 여기 영주 할래?"

중부 대륙에 입성한 뒤, 제국군으로부터 제국 퀘스트를 지속적으로 받았기 때문에, 헤르스를 비롯한 몇몇 수뇌부 유저들은 준남작 이상의 작위까지는 얻은 상태였다.

"아니면 피올란 님이 하실래요?"

이안이 두 사람을 번갈아 쳐다보며 묻자, 헤르스가 잠시 고민한 뒤 입을 열었다.

"으음…… 아무래도 피올란 님이 하시는 게 낫지 않을까? 난 길드 업무만 처리하는 것도 골치 아프거든."

길드의 규모가 커지면 커질수록 길드마스터의 할 일은 늘어날 수밖에 없다.

그렇기에 헤르스는 굳이 영주 자리까지 욕심내고 싶지는 않았다.

"그럼 피올란 님?"

이안의 물음에 피올란이 천천히 고개를 끄덕이며 대답했다.

"뭐, 그러도록 하죠. 제가 헤르스 님보다는 확실히 한가하니까요."

대답을 듣자마자 이안은 피올란을 파이로 제국의 영주로 임명했다.

띠링-!

–파이로 촌락의 거점 등급이 '영지'로 승격되었습니다.

–유저 '피올란'이 파이로 영지의 영주로 임명되었습니다.

–'영지' 등급의 거점지를 세 군데 이상 확보하여 길드 명성이 5만 만큼 증가합니다.

–'대영지'로의 승급을 위한 조건 중 하나를 충족했습니다.

피올란은 연이어 떠오르는 메시지들을 읽어 내려가며 피식 웃었다.

"그래도 감투 쓰니까 뭔가 기분이 좋네요. 과연 이 감투가 며칠이나 갈지는 모르지만요."

카이몬 제국군에 의해 영지를 빼앗기면 말짱 도루묵이 되는 것이었기에 하는 소리였다.

그리고 이안도 그녀의 말이 무슨 말인지 알기에 실소를 지었다.

"너무 그렇게 비관하지 마세요, 피올란 님. 끝까지 지켜낼 생각을 해야죠."

"그렇긴 하지만, 저쪽 병력이 너무 엄청나니까 하는 말이죠."

피올란의 말과 함께 세 사람이 멀찍이 보이는 카이몬 제국의 깃발을 향했다.

마치 개미떼를 연상시킬 정도로 새까맣게 진을 치고 있는 카이몬 제국의 군대는 멀리서 보아도 그 위용이 엄청났다.

헤르스가 입을 열었다.

"그런데 쟤들 왜 하루 종일 저기서 가만히 있는 거지? 쉬지 않고 어제 저녁에 그대로 쳐들어왔으면 우리는 요새 완공도 못한 채 전투가 시작됐을 텐데."

헤르스의 말처럼, 카이몬 제국군이 하루 동안 움직이지 않은 덕에 파이로 영지의 요새가 무사히 완공될 수 있었던 것이었다.

이안이 대답했다.

"뭐, 어찌됐든 우리한텐 좋은 거니까."

그런데 그때, 멀찍이 카이몬 제국군의 진영을 응시하던 이안의 눈에 대규모 움직임이 포착되기 시작했다.

이안이 벌떡 일어서며 입을 열었다.

"어, 쟤들 이제 움직이나 본데?"

이안이 손가락으로 가리킨 곳에는 뽀얀 흙먼지가 일어나

고 있었다. 너무 멀어서 정확히 보이지는 않았지만, 일단의 무리들이 이동하기 시작한 듯했다.

그것을 확인한 피올란이 재빨리 성벽에 설치된 망원경으로 뛰어가 눈을 들이밀었다.

"맞네요, 움직이기 시작했어요."

헤르스가 물었다.

"피올란 님, 쟤들 깃발 혹시 보이세요?"

"음, 잠시만요."

망원경을 이리저리 움직이며 깃발을 찾던 피올란이 한 지점에 망원경을 고정시킨 뒤 천천히 입을 열었다.

"음…… 저건 다크루나 길드 깃발인 것 같은데요?"

이번에는 이안이 의아한 표정으로 입을 열었다.

"에? 카이몬 제국군 사령관 깃발이 아니고요?"

피올란이 고개를 끄덕였다.

"네, 분명히 다크루나 길드 깃발이에요. 우리 영지 쪽으로 오고 있네요."

이안은 묘한 표정이 되었다.

'왜지? 루스펠 제국군이 방어 중인 지형보다는 만만한 길드 거점부터 공격할 거라고 생각하긴 했지만, 제국군이 아니라 길드들이 먼저 움직일 줄은 몰랐는데.'

하지만 제국군보다는, 길드 전력이 상대하기는 더 수월할 것이기 때문에 이안은 안도의 한숨을 내쉬었다.

'다크루나 길드에서 우리 영지가 탐났다고 밖에는 해석이 안 되는데……. 뭐, 상관은 없지.'

이안이 헤르스를 보며 입을 열었다.

"유현아, 다들 전투 준비하라고 연락하고, 접속 해제되어 있는 길드원들 전부 불러 줘. 아마 저기서 여기까지 도착하는 데 삼십 분도 채 안 걸릴 거야."

"오케이, 알겠어."

그리고 피올란을 향해 고개를 돌렸다.

"피올란 님은 영지 내부에 남아 있는 외부 유저들에게 곧 전투 시작된다고 알려 주세요."

요새 공사가 끝난 지 얼마 지나지 않았기 때문에, 공사에 참여했던 유저들이 아직까지 영지 내에 대부분 남아 있었던 것이다.

고마운 그들에게 피해를 주지 않기 위해서, 미리 영지를 빠져나가라고 언질을 줄 필요가 있었다.

"알겠어요. 그런데 혹시 참전하고 싶어 하는 유저들이 있으면 어떡할까요?"

"음…….."

거기까지는 생각지 못했던 이안은 살짝 당황했지만, 곧바로 다시 입을 열었다.

"이 위험한 전투에 참전하고 싶은 유저들이 얼마나 될지는 모르겠지만, 용병으로 고용하도록 하죠."

"옙!"

짧게 대답한 피올란이 곧바로 걸음을 돌려 사라졌고, 망루 위에 혼자 남은 이안이 눈을 감고 생각에 잠겼다.

'상대는 한국 서버 랭킹 1위 길드…… 쉽지만은 않을 테지.'

북부 대륙의 영지전처럼 인원 제한이 있거나 다른 변수를 만들 수 있는 '룰'이 있으면 좋았겠지만, 중부 대륙에는 그런 것이 없었다.

오로지 전투의 승패에 모든 것이 갈리는 것.

그렇게 십분 정도가 지났을까? 효율적인 전투를 위해 골머리를 싸매고 있는 이안의 시야에 한 줄의 메시지가 떠올랐다.

─안녕하세요, 이안 님. YTBC 방송국 기획 팀장 이한성입니다. 곧 다크루나 길드와 로터스 길드 간의 공성전이 있을 것이라는 정보를 듣고 이렇게 연락드렸습니다.

메시지를 본 이안은 당황스러운 표정이 되었다.

'아니, 뭐 이렇게 빨라? 방송국에서 벌써 어떻게 안 거지?'

이안은 몰랐지만, 요새 증축 공사에 참여했던 유저들 중에 YTBC 방송국 소속의 유저가 있었던 것이다.

'뭐, 방송 타면 나쁠 건 없으니까.'

이안은 곧바로 대답했다.

─네, 이한성 팀장님. 말씀하세요.

─짐작하셨겠지만, 우리 YTBC 방송국에서는 단독으로 이 공성전을 영상으로 담고 싶습니다. 로터스 길드의 진영에서 말입니다.

-100위권 길드인 저희보다는 이길 확률이 높은 다크루나 진영에서 촬영하는 것이 더 이득 아닌가요? 왜 제게 연락하신 거죠?

-글쎄요. 전력이야 확실히 다크루나 길드가 앞서겠지만, 공성전인 만큼 여러 가지 변수가 있고 무엇보다도 이번에 크게 화제가 된 로터스 길드의 방어 요새에서 적들의 공격을 막아 내는 전투를 영상으로 담고 싶었습니다.

-음…… 그렇군요.

이한성이 곧바로 다시 메시지를 보냈다.

-광고 수익이나 다른 추가 수익에 따른 인센티브는 로터스 길드의 길드 계좌로 입금해 드릴 겁니다. 아시겠지만 저희 YTBC 채널은 다른 게임 방송 채널들보다 압도적인 점유율을 가지고 있기 때문에, 로터스 길드에도 큰 도움이 될 겁니다.

이안은 고개를 주억거리며 생각했다.

'그건 확실히 그렇겠지.'

생각을 정리한 이안이 다시 입을 열었다.

-뭐, 알겠습니다. 그렇게 하도록 하죠. 하지만 조건이 하나 있습니다.

-조건요?

-네. 방송 독점은 허용하겠지만, 제 개인 전투 영상은 제가 따로 관리해서 배포하도록 하겠습니다.

-음…….

잠시 동안 생각 중인 건지 아니면 상부에 승인을 받는 건지 메시지는 돌아오지 않았고, 이안은 전투를 준비하기 위해

망루에서 천천히 걸어 내려갔다.

그리고 5분 정도가 지났을까?

YTBC 측에서 다시 메시지가 날아왔다.

-좋습니다. 이안 님. 그렇게 계약하도록 하죠.

이안은 만족스러운 표정이 되어 메시지를 보냈다.

-예, 그럼 좋은 영상으로 잘 부탁드립니다, 팀장님.

-물론입니다. 계약서는 이안 님과 메시지를 주고받은 내용을 저장하여 작성하겠습니다.

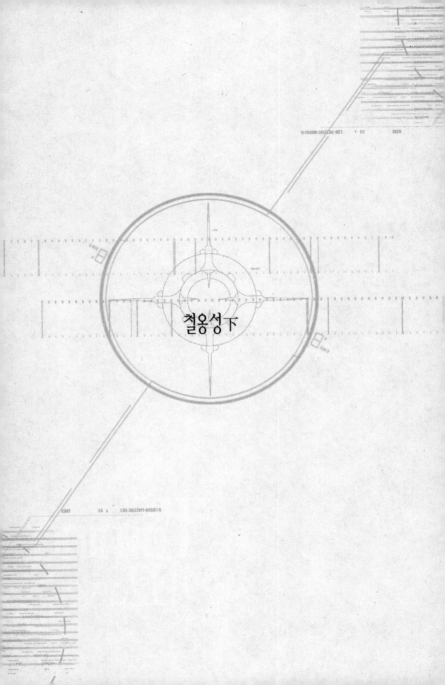

철옹성下

Taming
Master

다크루나 길드의 병력은 단일 길드에서 동원한 병력이라고는 믿을 수 없을 만큼 그 숫자가 엄청나게 많았다.

"솔린, 비교적 레벨이 낮은 병사들부터 전방으로 전진시켜. 방어 타워가 아마 전부 단일 타깃 공격 방식일 테니까, 물량으로 밀어붙인다."

"예, 마스터!"

파이로 영지를 향해 밀려드는 다크루나 길드의 병력은 총 5천에 육박하는 어마어마한 숫자다.

그것이 가능했던 이유는 기본적으로 마젤란의 징표 덕분이었다.

중립 NPC들인 사막 전사들의 병력을 마음대로 사용할 수 있는 이점 덕에 다크루나 길드는 다른 길드들에 비해 훨씬 많은 거점지를 손에 넣을 수 있었으며, 그 거점지에서 계속해서 병사들을 생산한 것이었다.

총 5천의 병력 중에 유저들의 숫자는 1천 명도 채 되지 않았으며, 대부분이 병사들로 구성된 병력인 것이다.

'후후, 지금쯤 새까맣게 밀려드는 병력을 보며 간담이 서늘하겠지.'

가장 등급이 낮은 병사들이라고 하더라도 기본적으로 중부 대륙이었기 때문에, 평균 레벨대가 130이 넘는 수준이었다.

병사라고 해서 절대로 얕볼 수 있는 수준이 아닌 것이다.

"사거리 안쪽이다. 방어 타워에서 날아올 쇠뇌를 조심하라!"

이라한의 외침과 동시에, 각 부대의 지휘관이 명령을 전달했다.

그리고 그 말을 기다리기라도 했는지, 높다란 성벽 위쪽에서 쇠뇌가 비 오듯 쏟아져 내려왔다.

쐐애애액-!

"피해!"

여기저기서 단발마의 비명이 들려왔다.

하지만 미리 주의를 줬음에도 불구하고, 쏟아지는 쇠뇌의 70퍼센트 정도는 목표했던 타깃에 정확히 명중되었다.

콰앙-!

그리고 각 지휘관의 시야에, 자신의 휘하에 있던 병사들이 사망했다는 시스템 메시지가 주르륵 떠올랐다.

-'사막의 경계탑'의 공격에 격중당해 '사막 병사'의 생명력이 67,859만큼 감소합니다.

-'사막 병사'의 생명력이 모두 소진되어 사망했습니다.

-'사막 병사'의 생명력이 모두 소진되어 사망했습니다.

단 한 방에 병사들이 회색빛으로 산화해 사라졌다.

게다가 앞쪽에서 병사들을 지휘하던 유저들도 몇몇이 쇠뇌를 맞고 사망했다.

이라한의 동공이 크게 확대되었다.

'뭐, 뭐야? 무슨 방어 타워가 이렇게 많아? 수십 개도 넘잖아?'

파이로 영지에 지어진 '사막의 경계탑'의 숫자는 총 100여 개.

끽 해야 십수 대 정도의 방어 타워를 예상했던 다크루나 길드는 당황할 수밖에 없었다.

단 한 차례의 공격으로 칠십여 명의 병사들을 잃은 것이기 때문이었다.

이라한은 당황했던 마음을 추스르고 다시 명령을 내렸다.

"경계탑은 재장전 시간이 길다! 빠르게 성벽으로 붙어! 가까이 붙으면 타워의 공격을 피할 수 있어!"

이라한의 말처럼, 아예 성벽 앞쪽까지 바짝 붙으면 각도가 나오지 않기 때문에 경계 타워의 공격 범위에서 벗어날 수 있다.

하지만 다크루나 길드는 생각지도 못한 또 다른 변수에 직면해야 했다.

우득— 우드득—!

"뭐야? 이거 무슨 소리야?"

"바닥이 갈라지고 있어!"

"뒤로 빠져! 이쪽으로 들어오면 안 돼, 으악!"

그것의 정체는 성벽의 바로 앞쪽에 파 놓은 참호였다.

일루전 마법과 그럴싸한 위장으로 가려 놨던 그 참호 안쪽으로 수백의 병사들이 빠진 것이었다.

"빨리 빠져 나가! 경량화 마법 있는 법사들 마법 좀 걸어주고!"

하지만 그것이 끝이 아니었다.

그그긍—!

성벽의 외벽을 따라 줄지어 설치되어 있던 석문이 움직이며 둥그런 포문이 모습을 드러낸 것이다.

"저건 또 뭐야? 피해!"

그리고 총 열 대 정도 되어 보이는 포문이 일제히 불을 뿜었다.

화르륵—!

그것은 바로 경계탑의 상위 단계 방어 타워인 불의 원소 마법 타워였다.

"으아악─!"

원소 마법 타워는 공격력 자체는 경계 타워보다 약했지만, 넓은 범위의 적들을 한 번에 공격할 수 있다. 게다가 참호 안에 빠져 있는 다크루나 길드의 병사들이 광역 마법을 피해 낼 수 있을 리 없었다.

조금 뒤쪽에서 그 광경을 지켜보던 이라한은 어이가 없을 지경이었다.

'저건 뭐야? 저런 타워도 있었어? 건설 가능한 방어 타워 중에 저런 건 없었는데?'

다크루나 길드는 거의 열 군데에 가까운 많은 거점지를 확보했지만, 대부분 제대로 된 발전이 이루어지지 않았다.

전부 다 신경 써 줄 여력이 없었던 탓이다.

한두 군데 정도 영지 등급까지 발전시킨 거점도 있기는 했지만, 파이로 영지와는 그 성격이 달랐다.

파이로 영지는 기지 방어에 필요한 시설들 위주로 발전시킨 반면에, 기지 방어에 신경 쓸 필요가 없는 다크루나 길드의 영지는 자원 수급량을 늘리기 위한 시설물들을 위주로 발전시킨 것이었다.

'100위권 길드라고 내가 너무 얕본 건가? 그렇다고 지금 병력을 물릴 수도 없으니…….'

말머리를 돌리기에는 이미 너무 깊숙이 들어와 버렸다.

지금 병력을 물려 후퇴를 감행하면 더 큰 손실을 입을 게 분명했다.

이라한이 소리쳤다.

"성벽만 넘으면 된다! 어떻게든 안쪽으로 진입해서 성문을 열어!"

마법사들이 플라이 마법까지 동원하여 공중으로 진입을 시도했지만, 허공으로 뜨는 순간 고슴도치가 되어 바닥으로 떨어져 내렸다.

경계 타워의 쇠뇌에 공격당한 것이 아닌, 요새 내부에 있던 궁수병들이 일제히 화살을 날린 것이었다.

하지만 5천이라는 숫자는 정말 어마어마한 병력이었고, 결국 다크루나 길드의 병사들은 무식하게 숫자로 밀어붙여 하나둘 성벽을 넘기 시작했다.

그야말로 정말 무식한 인해전술이라 할 수 있었다.

그것을 보며 이라한은 속으로 쾌재를 불렀다.

'좋아. 일단 내부로 진입만 한다면……!'

이라한은 그 자신도 빠르게 움직여 성벽을 향해 뛰어갔다.

'마검사'라는 타이틀답게 이라한은 경량화 마법을 비롯한 모든 신체 강화 마법을 자신에게 부여했고, 바람 같은 속도로 성벽을 타고 오르기 시작했다.

챙- 채챙-!

성벽 위쪽을 지키는 병사들이 몇 있기는 했지만, 150레벨을 목전에 둔 이라한에게 상대가 될 리 없었다.

콰아앙—!

이라한의 검에서 쏘아진 얼음 속성이 담긴 검기가 성벽 아래쪽을 강타했고, 그 반동을 이용해 이라한은 성벽 위로 뛰어올라 사뿐히 그 위에 올라섰다.

"성문을 열라! 모두 안쪽으로 진입……!"

하지만 검을 치켜든 채 우렁찬 목소리로 소리치던 이라한은 다음 순간 말문이 막힐 수밖에 없었다.

'저게 뭐야? 왜 안쪽에 성벽이 또 있는 거야?'

거의 일천이 넘는 병력을 잃으면서 힘겹게 넘어온 성벽 안쪽으로, 그보다 더 높고 견고해 보이는 성벽이 또다시 드러난 것이다.

이라한은 자신도 모르게 욕지거리를 내뱉었다.

"와, 쓰벌, 게임 진짜 더럽게 하네!"

일천이 넘는 어마어마한 숫자의 병력을 잃는 동안, 로터스 길드의 유저는 아직 코빼기도 보지 못했다.

약이 오를 대로 오른 이라한은 이를 악물었다.

"그래, 이렇게 된 거 누가 이기나 끝까지 한번 해보자고!"

원래의 계획안에 이렇게 많은 병력을 소모하는 것은 없었고, 그래서도 안 되는 것이었다.

하지만 알 수 없는 분노와 함께 오기가 생긴 이라한은 이를 악물고 성벽 안쪽으로 뛰어내렸다.

-님들, 지금 채팅방에서 놀고 있을 때가 아님!

　-왜요? 무슨 일 있어요?

　-그러게. 나 지금 퀘스트 하던 것도 다 끝나서 할 거 없어서 채팅방에서 노가리 까고 있었던 건데…… 뭔 일 있음?

　-하, 답답하네, 이 사람들. 지금 빨리 YTBC 틀어 봐요. 다크루나 길드 공성전 시작했어요.

　-아, 공성전? 그야 이제 카이몬 제국군이 동쪽으로 완전히 진입했으니까 거점지 공격할 때가 되기는 했죠. 저도 그거 방송한다는 얘기는 들었는데, 노잼일 것 같아서 안 보는 중. 보니까 방어 진영은 100위권도 뒤에 있는 허접한 길드더만요. 보나마나 다크루나 놈들한테 순삭당하겠지.

　-윗 님, 말은 바로 합시다. 100위권 길드가 어떻게 허접한 길드에요? 100위권이면 상위 0.1퍼센트인데.

　-그냥 말이 그렇다는 거죠. 1위 길드에 비하면 허접한 거 맞지 않음?

　-그건 그렇지만…….

　-하, 이 사람들 잔말 말고 일단 채널 틀어 보라니까? 그 100위권 길드가 다크루나 길드랑 백중세로 싸우고 있다고요. 공성전 지금 장난 아니에요. 이거 지금 안 보면 후회할 거임.

　-에? 정말요? 그게 말이 됨?

　-그 100위권 길드 이름이 로터스 길드인데, 무슨 거점지를 거의 요새처럼 만들어 놨어요. 진짜 우주 방어가 따로 없음.

-헐, 방어 길드가 로터스 길드였어요?

-왜요? 로터스 길드 아심?

-소환술사 랭킹 1위 이안 님 길드잖아요. 아, 그런 줄 알았으면 방송 시작부터 봤을 텐데! 전 이만 보러갑니다. 그럼.

-오오, 가서 봐야겠다. 디펜스 게임 같은 느낌이려나?

공식 커뮤니티는 물론 여러 가지 경로를 통해 입소문이 퍼지자, YTBC 채널의 시청률은 계속해서 오르기 시작했다.

일단 1위 길드인 다크루나 길드의 공성전이라는 타이틀 때문에 기본적으로 관심이 쏠렸으며, 상대하는 로터스 길드가 이안의 길드라는 정보까지 퍼지자 그 관심이 더욱 증폭된 것이다.

최근 유명세를 타고 있는 이안의 전투를 보고 싶어 하는 유저들은, 하던 퀘스트도 멈추고 방송을 보기 위해 게임 접속을 종료할 정도였다.

그리고 YTBC 채널에서는 방송국의 얼굴마담이라고 할 수 있는 리포터 하인스와 루시아가 공성전을 중계하고 있었다.

-하인스 님, 지금 로터스 길드의 주력 유저들이 아직까지 내성에서 움직이지 않고 있는데, 그 이유가 뭐라고 생각하십니까?

-그건 기본적으로 로터스의 유저들이 다크루나의 유저들보다 전투력이 많이 떨어지기 때문이라고 생각합니다. 다크루나 길드 공격대의 평균 레벨은 140 이상인데, 제가 알기로 로터스 길드에는 140이 넘은 유

저가 다섯 명도 되지 않거든요. 게다가 절대적인 유저의 숫자도 부족하구요. 방어벽을 넘으면서 최대한 다크루나 길드의 힘이 빠진 뒤에 공격하지 않을까 싶습니다.

　－아하, 그렇군요.

　－지금 다크루나 길드는 아마 엄청나게 약이 오를 겁니다.

　－왜죠?

　－훨씬 전력이 약한 길드에게 농락당하고 있는 기분일 테니까 말이죠. 로터스 유저들은 코빼기도 안 보이고, 계속해서 방어 타워랑만 싸우고 있으니까요.

　－그것도 그러네요. 하지만 다크루나 길드가 확실히 강하기는 한 것 같아요. 그 많던 타워들 중 벌써 반 이상이 파괴되었으니까요.

　－동감합니다.

　－아직 본격적인 전투가 시작되지도 않았는데 벌써부터 흥미진진하군요.

　두 사람의 대화처럼, 전투는 더욱 흥미로운 양상을 띠기 시작했다.

　－이제 곧 두 번째 성벽도 뚫릴 것 같아요! 로터스 길드 유저들은 이차 방어선도 그대로 내어 줄 생각인가요?

　－앗, 내성에 있던 로터스 길드의 병력이 움직이기 시작했습니다.

　－그렇군요, 이제 본격적인 전투가 시작되겠어요!

　－다크루나 길드가 절반이 넘는 병력을 잃기는 했지만, 대부분 병사들이나 사막 전사들이고, 유저들은 대부분 건재하거든요. 저들을 상대로

로터스 길드가 얼마나 큰 선전을 할 수 있을지······!

YTBC채널의 실시간 채팅방에는 쉴 새 없이 글이 올라오고 있었고, 공성전의 결과에 대한 갑론을박이 계속해서 벌어졌다.

하지만 아직까지는 거의 대부분이 다크루나 길드의 승리를 점치고 있었다.

그런데 그때, 파이로 영지의 상공에서 우렁찬 그리핀의 포효가 울려 퍼졌다.

끼아아오오-!

그리고 그리핀의 등에는, 기다란 장궁을 등에 메고 한 손에는 지팡이를 든 특이한 복장을 한 남자가 전장을 내려다보며 서 있었다.

전장의 상공에 날아올라 핀의 광역 버프 겸 디버프 스킬을 사용한 이안은 길드 채팅으로 빠르게 명령을 내렸다.

-이안 : 지금입니다. 여러분. 20초 후에 차단기가 내려가면 다크루나 길드의 병력이 센터에 다 모일 겁니다. 그때 광역 스킬부터 퍼부어 주세요.

한편 허공으로 떠오른 이안을 발견한 다크루나 길드의 궁사들이 일제히 이안을 향해 화살을 날렸다.

하지만 이미 예측하고 있었던 상황이었기에, 이안은 당황하지 않고 허공으로 빠르게 날아올랐다.

아예 궁수들의 사거리 바깥으로 솟아오른 것이었다.

이안은 속으로 숫자를 세고 있었다.

'5…… 4…… 3…….'

높이 떠오른 채 아래를 내려다보자 적들의 위치가 한눈에 들어왔고, 이안은 눈을 빛냈다.

다크루나 길드의 병력이 예측과 90퍼센트 이상 맞아 떨어지는 움직임을 보여 주고 있었던 것이다.

'2…… 1…… 지금!'

이안이 숫자를 다 세기가 무섭게, 요새 양쪽의 차단기가 묵직한 소리를 내며 내려갔다.

쿵- 쿠웅-!

대신에 2차 방어벽의 성문이 꿍음을 내며 열리기 시작했다.

그극- 그그극-!

그것을 발견한 누군가가 큰소리로 소리쳤다.

"문을 여는 데 성공했다! 모두 안으로 진격하라!"

"와아아!"

사실 다크루나 길드원들을 향해 큰소리로 소리친 이는 다름 아닌 헤르스였다.

성문은 로터스 길드에서 적을 유인하기 위해 작전상 오픈

한 것이었지만, 헤르스의 외침으로 인하여 다크루나 길드의 길드원 중 한 명이 성벽을 넘어가 문을 연 것이라고 착각하게 된 것이었다.

이 한 마디의 파급력은 생각보다 컸다.

수천이 넘는 인원이 난전을 벌이고 있는 상황에서 헤르스의 말이 교란 작전일 것이라는 생각은 아무도 하지 못했고, 성문이 열리자 다크루나 길드의 병력은 물밀 듯 성문을 향해 달려 들어가기 시작했다.

허공에서 그 광경을 지켜보던 이안이 회심의 미소를 지었다.

'오케이, 생각보다 더 잘 먹혔는데?'

이안은 까마득히 높은 허공에서 돌연 소환 주문을 외우기 시작했다.

"빡빡이, 소환!"

그러자 허공에 하얀 빛이 휘몰아치면서 거대한 몸집을 한 빡빡이가 소환되었다.

빡빡이는 당연히 지상을 향해 떨어져 내렸고, 이윽고 당황한 표정이 되었다.

-주, 주인! 날 죽일 셈인가!

물론 이안에게는 생각이 있었다.

"걱정하지 마, 다 계획이 있으니까."

하지만 빡빡이는 여전히 불안한 표정이었다.

그도 그럴 것이 이안이 빡빡이를 떨어뜨린 위치는 사람이 새까만 점으로 보일 만큼 엄청나게 높은 곳이었다.

게다가 빡빡이는 무척이나 거대했고, 그만큼 엄청나게 무거웠다.

아무리 방어력과 생명력이 무지막지한 빡빡이라도, 이 높이에서 떨어지면 즉사를 면할 수 없을 것이다.

그리고 이안은 빡빡이가 떨어져 내리는 시간을 재고 있었다.

'조금만…… 조금만 더!'

한편, 지상에 있던 다크루나의 유저들과 병사들은 허공으로부터 드리워지는 거대한 그림자를 발견하고는 경악한 표정이 되었다.

"으악!"

"저, 저게 뭐야?"

"피해!"

바로 그 순간, 이안이 빡빡이의 고유 능력을 발동시켰다.

"빡빡이, 절대 방어!"

이것이 바로 이안의 노림수였다.

절대 방어가 발동되면 10초 동안 빡빡이는 어떠한 피해도 입지 않으며, 모든 상태 이상에 면역이 된다.

절대 방어가 지속되는 동안은 어떠한 행동도 할 수 없었지만, 아무 상관이 없었다.

빡빡이가 떨어져 내리면서 입힌 대미지가, 그 인근을 전부 초토화시켜 버릴 테니까.

우우웅─!

절대 방어가 발동되자 빡빡이의 전신을 황금빛 기류가 휘 감으며 커다란 방어막을 생성했으며, 고유 능력이 발동되자 마자 빡빡이의 네 다리가 지면에 틀어박혔다.

콰아앙─!

사방으로 피어오르는 흙먼지와 함께 커다란 굉음이 울려 퍼졌다.

그 순간 이안의 시야에 시스템 메시지가 주르륵 떠올랐다.

─소환수 '빡빡이'가 다크루나 길드의 '사막 병사'에게 759,840의 피 해를 입혔습니다.

─'사막 병사'를 처치하셨습니다.

─경험치를 879,899만큼 획득합니다.

─명성을 1,500만큼 획득합니다.

─전공 포인트를 350만큼 획득합니다.

─'사막 병사'를 처치하셨습니다.

─'사막 병사'를 처치하셨습니다.

─다크루나 길드 유저 '한준'을 처치하셨습니다.

─다크루나 길드 유저 '루탄'을 처치하셨습니다.

빡빡이가 떨어져 내린 위치는 다크루나 길드의 병력이 모 여든 성문 바로 앞이었고, 덕분에 수십의 병력이 회색 빛깔이 되어 게임 아웃 되어 버렸다.

최소 50만 이상의 대미지가 일시에 들어오는데, 그것을 버텨 낼 수 있는 생명체가 존재할 리 없었던 것이다.

그중에는 140레벨이 넘는 고레벨의 다크루나 길드 유저들도 상당수 포함되어 있었다.

빡빡이는 회색빛의 시체 더미 위에, 마치 황금빛 동상처럼 우아한 자태를 뽐내며 서 있었다.

그리고 어느새 떨어져 내리는 빡빡이를 따라 낮은 고도까지 내려온 이안이 핀에게 명령을 내렸다.

"핀, 분쇄!"

꾸룩- 꾸루룩-!

빡빡이의 등장과 함께 혼비백산한 다크루나의 유저들은 핀의 광역 스킬을 미처 피하지 못하고 고스란히 뒤집어썼다.

게다가 그것이 끝이 아니었다.

2차 방어벽의 성곽 위로, 몸을 숨기고 있던 로터스 길드의 유저들이 모습을 드러낸 것이었다.

그들은 밀집된 다크루나 유저들을 향해 공격 스킬을 퍼붓기 시작했다.

쾅- 쾌쾅-!

그것을 시발점으로, 드디어 다크루나 길드와 로터스 길드 간의 본격적인 전투가 시작되었다.

이안 또한 모든 소환수들을 전부 소환했으며, 본격적으로 전장을 휘젓고 다니기 시작했다.

"마법사, 궁수 위주로 먼저 저격해! 놈들이 정신 차리기 전에 최대한 많은 피해를 입혀야 해!"

이안의 명령에 따라 로터스 길드원들은 일사분란하게 움직였으며, 파이로 영지의 영주가 된 피올란이 영지에서 생산한 병사들을 지휘하기 시작했다.

'좋아, 일단 오늘 수성전은 거의 성공했다고 봐도 될 것 같고…….'

2차 방어벽 뒤에는 최후의 보루라고 할 수 있는 3차 방어 성곽이 굳건히 버티고 있었다.

한데 2차 방어선에서 이 정도의 피해를 입혔으면, 굳이 3차 방어 성곽까지 적들에게 보여 줄 필요는 없을 듯싶었다.

챙- 채챙-!

쇳소리가 사방에서 끊임없이 울려 퍼졌다.

열린 성문을 통해 역으로 밀려나오는 로터스 길드의 병사들을 보며, 이라한은 이를 악물었다.

'제기랄, 대체 어떻게 이 정도까지 방어력을 구축할 수 있었던 거지? 100위권 길드의 자금력으로 가능한 부분인가?'

사실 자금력만이 문제는 아니었다.

이라한의 상식으로, 자금력이 무한이라고 하더라도 시간상 도저히 이만한 요새와 방어 타워들을 만들어 내는 것은 불가능해 보였다.

'루스펠 제국 차원의 지원이라도 받은 건가? 대체 뭐지?'

이안이 가지고 있는 성배의 존재를 모르는 한, 이라한으로서는 그렇게 생각할 수밖에 없었다.

"솔린, 모든 화력 성문으로 집중시킨다. 정면 돌파 외엔 방법이 없어."

"예, 알겠습니다, 마스터."

검을 뽑아 들며 앞으로 나아가는 솔린을 향해 이라한이 한마디 거들었다.

"솔린, 지난번에 내가 줬던 검, 가지고 있지?"

잠시 생각한 솔린은 고개를 끄덕였다.

"예, 마스터."

"성문 앞까지 다다르면, 검에 인첸트되어 있는 소환 마법을 사용하도록."

"알겠습니다."

말을 마친 이라한은 지금까지 휘두르던 쌍검을 양 허리에 꽂아 넣고, 등 뒤에 메고 있던 거대한 대검을 뽑아 들었다.

스르릉—!

그리고 커다란 목소리로 사자후를 터뜨렸다.

"상대의 전력 파악에 실패해 예상보다 큰 피해를 입었지만 우리 다크루나가 이름도 들어 보지 못한 변방의 길드를 상대로 패배한다는 건 있을 수 없는 일이다!"

이라한이 허공으로 대검을 던져 올리자, 대검의 검신에서 새파란 빛이 새어 나오기 시작했다.

"저 성문만 넘으면 내성 점령은 어렵지 않을 터! 지금부터 내가 앞장설 것이니 정면으로 돌파한다!"

말을 마친 이라한이 전방으로 손을 뻗자, 대검이 빙글빙글 돌더니, 이라한이 가리킨 방향을 향해 바람을 찢으며 날아가기 시작했다.

쐐애액―!

그리고 그 끝에는 금빛으로 빛나는 빡빡이가 자리하고 있었다.

"죽어라!"

이라한은 성문 앞을 굳건히 지키고 있는 빡빡이를 제거하는 것이 최우선이라 여겼고, 그렇기에 그가 가진 원거리 타격 기술 중 가장 강력한 스킬을 발동시켰다.

몸집이 커다란 만큼 순발력이 느린 빡빡이로서는 꼼짝없이 스킬에 격중당할 수밖에 없는 상황이었다.

그런데 그때, 바로 위에서 그리핀을 타고 날던 이안이 재빨리 빡빡이를 향해 손을 뻗었다.

"뿍뿍아, 물의 장막!"

뿌뿍―!

바로 '귀혼' 아이템이 붙어 있던 뿍뿍이의 고유 스킬인 물의 장막을 발동시킨 것이다.

이안이 손을 뻗으며 소리치자, 뿍뿍이의 입에서 물줄기가 쏟아져 나왔다.

콰아아아-!

물줄기는 빡빡이의 바로 앞으로 날아가 커다란 장막을 형성했다.

그리고 그와 동시에 날아든 이라한의 대검이 장막의 전면에 부딪쳤다.

퍼어엉-!

고막을 울리는 커다란 굉음과 함께 이라한의 대검은 허공으로 튕겨 나갔으며, 무사히 자신의 역할을 완수한 물의 장막 또한 곧 바닥으로 내려앉았다.

쏴아아-.

바닥의 모래 속으로 내려앉아 스며드는 물줄기를 보며, 이라한은 당황한 표정이 되었다.

'뭐, 뭐야?'

그야말로 찰나지간의 순간에 벌어진 일이라, 스킬을 시전한 이라한조차 제대로 상황 파악이 안 될 정도였다.

이안의 반사 신경이 얼마나 빨랐는지 알 수 있는 부분이었다.

그리고 로터스 길드의 병사들과 유저들은 한층 기세가 올라 다크루나 길드에 맞서 싸우기 시작했다.

"와아아!"

싸움에서는 기선제압이 중요하다.

전쟁에서 병사들의 사기가 중요한 것도 같은 맥락이라 할 수 있었다.

그런 의미에서 지금의 기세는 로터스 길드원들의 전투력을 두 배로 뻥튀기시켜 주는 효과를 가지고 왔다.

"제기랄, 뭐하는 거야? 저놈들 130레벨도 안 되는 녀석들도 수두룩하다고!"

다크루나 길드의 누군가가 소리친 것처럼, 로터스 길드원들의 대부분은 120레벨대로 구성되어 있다.

반면에 140레벨 전후의 랭커들이 수두룩하게 포진되어 있는 다크루나 길드.

하지만 전투의 기세에 있어서 완전히 위축당한 그들은 속수무책으로 로터스 길드의 공격에 무너지기 시작했다.

그리고 전투 양상이 난전으로 이어지자, 이안의 전장 통제 능력이 더욱 빛을 발하기 시작했다.

"라이, 생명력이 얼마 남지 않은 적들을 우선적으로 공격해서 아웃시켜 버려!"

-알겠다. 주인!

어느새 하늘은 어둑어둑해지기 시작했고, 힘을 얻은 달빛이 전장에 드리워지기 시작하자 라이는 물 만난 물고기처럼 날뛰기 시작했다.

-소환수 '라이'가 다크루나 길드 소속 '사막 병사'에게 치명적인 피해

를 입혔습니다.

　-'사막 병사'의 생명력이 21,640만큼 감소합니다.

　-'사막 병사'를 처치했습니다.

　그리고 이안과 함께하는 전투에 완벽히 적응한 폴린 또한 사방으로 뇌전을 뿜어내며 적들을 압살하기 시작했다.

　쾅 콰콰쾅-!

　창극에 맺혀 폭사되는 폴린의 뇌전은 멋모르고 달려든 다크루나 길드 유저들을 새까맣게 태워 버렸다.

　-가신 '폴린'이 다크루나 길드원 '할리보'에게 치명적인 피해를 입혔습니다.

　-'할리보'의 생명력이 29,980만큼 감소합니다.

　-'할리보'를 처치했습니다.

　180레벨이 다 되어 가는 폴린과 250레벨에 육박하는 카이자르는 다크루나 길드의 누구보다도 강력한 전투력을 가지고 있었다.

　하물며 이렇게 기세까지 오른 유리한 전투임에야, 그들의 활약이 두드러지는 것은 말할 것도 없었다.

　그때, 이라한을 발견한 이안이 카이자르를 향해 부탁했다.

　"가신님, 저쪽에 저놈 보이지? 저놈 좀 상대해 주면 안 될까?"

　비공식 서버 랭킹 1위라는 타이틀답게, 수많은 로터스 길드의 병사들을 도륙하며 존재감을 뿜어내고 있는 이라한이었다.

이안이 카이자르의 옆구리를 쿡쿡 찔렀다.

"절대로 내가 질 것 같아서 부탁하는 건 아니고……."

이안의 애절한 부탁에도 불구하고, 카이자르는 고개를 픽 돌리더니 다른 전장을 향해 몸을 날렸다.

대꾸조차 하지 않는 카이자르를 보며, 이안은 한숨을 푹 쉬었다.

'아오 씨, 그럼 저 괴물 같은 놈은 폴린이랑 협공해서 잡아 야 하나?'

사방으로 무시무시한 검기를 뿜어내는 이라한을 보며 이 안은 마른침을 꿀꺽 삼켰다.

정확히 파악을 할 수 없지만, 느낌상 170레벨 후반대인 폴 린보다도 이라한이 더 강해보였다.

'죽어 나가는 병사들이 좀 아깝긴 하지만 놈의 스킬 패턴 을 파악할 필요가 있어.'

이안은 할리의 등에 올라 주변의 만만한 적들부터 상대하 면서, 이라한의 움직임을 계속해서 주시했다.

그런데 그때, 성문의 앞쪽에서 커다란 기의 파동이 뿜어져 나왔다.

우우웅―!

이안을 비롯한 대부분의 시선이 성문을 향해 돌아갔다.

'저게…… 뭐야?'

그 앞에 드리워진 커다란 그림자를 확인한 이안의 동공이 커다랗게 확대되었다.

중부 대륙에 로터스 길드의 거점지가 들어선 뒤, 하린은 길드원들을 따라다니며 제법 많은 레벨을 올렸다.

덕분에 만년 두 자리 수일 것만 같았던 하린의 레벨도 세 자리 수를 넘어 110레벨을 바라보는 상태가 되었지만, 그 레벨로 다크루나 길드와의 수성전에 참여하는 것은 무리가 있었다.

'뭐, 그래도 요리는 최상급으로 만들어서 공급했으니까. 나도 도움이 된 거겠지!'

수성전이 시작되기 전, 열심히 만들어 놓은 버프 요리들을 일일이 공급한 하린이었다.

그녀의 생각처럼, 요리 버프는 로터스 길드원들에게 큰 힘이 되고 있었다.

요리 레벨만큼은, 카일란 내에서 독보적일 정도로 높은 그녀였으니까.

임무를 모두 완수한 하린은 전투에 직접적으로 참여하는 대신, 접속을 종료하고 방 안의 소파에 앉아 TV를 틀었다.

티이잉-!

벽에 걸려 있는 커다란 TV 화면에 불이 들어오자, 하린은 빠르게 채널을 돌려 YTBC의 채널을 틀었다.

"안에서 함께할 수는 없어도 응원은 해 줘야지."

YTBC에서 독점으로 이번 다크루나 길드와 로터스 길드의 공성전을 중계한다는 이야기를 들었기 때문이다.

"내 키보드가 어디 갔더라?"

하린의 방 안에 있는 TV는 하린의 컴퓨터 본체와 연결된 스마트 TV였다.

스마트 TV는 언제든 TV와 PC를 연동해 사용할 수 있는 무척이나 편리한 물건이었다.

무선 마우스와 키보드를 찾은 뒤 소파에 자세를 잡은 하린은, 방의 불까지 꺼 놓고 영화라도 관람하는 기분으로 공성전을 열심히 시청하기 시작했다.

하린은 방구석에 쟁여 놨던 과자 봉지를 뜯으며 중얼거렸다.

"우리 진성이는 언제 나오는 거야? 다크루나, 쟤들 1위 길드라더니 타워만 부수다가 전멸당하는 거 아냐?"

감자칩을 아그작아그작 씹으며 공성전을 시청하던 하린은 허공에서 떨어져 내리는 빡빡이와 함께 멋지게 등장하는 진성을 보며 활짝 웃었다.

"우리 진성이게 게임 하나는 기가 막히게 잘한단 말이지."

하린은 마치 자신이 진성이 되어 싸우기라도 하듯, 화면에 몰입하기 시작했다.

"아, 시청자 채팅이나 한번 열어 볼까?"

하린은 키보드를 두들겨 화면 오른쪽에 숨겨져 있던 시청자 채팅창을 열었다.

그리고 떠오른 채팅창을 본 하린의 두 눈이 휘둥그레졌다.

"뭐, 뭐야? 무슨 글이 이렇게 빨리 올라와?"

차마 눈으로 따라가기 힘들 정도로 빠르게 글이 올라오고 있었다.

심지어 세 자리 수가 넘는 채팅 채널 중에도 뒤쪽의 채널이었는데도, 끊임없이 채팅이 올라오고 있었다.

—와, 저 황금 거북이 뭡니까? 현무같이 생겼네. 아시는 분 있어요?
나 저거 잡으러 갈래!

—그러게요. 황금 현무 간지 터지네. 저거 뭔지 아시는 분?

—님들아, 저기 써 있잖아요. 빡빡이라고…….

—아니, 저기요. 빡빡이는 이안 님이 지은 저 소환수 이름인 거고요.
저 몬스터 종이 뭔지 알고 싶다는 거죠.

—아하! 제가 겜알못이라. 죄송…….

채팅을 읽어 내려가던 하린은 피식 웃었다.

"우리 빡빡이가 좀 멋지고 늠름하기는 하지."

이안의 모든 소환수들의 먹이를 담당하고 있는 하린은, 빡빡이와도 이제 제법 친해졌다.

맛있는 음식을 삼시 세끼 챙겨 주는 예쁜 하린을 싫어하는 소환수가 있을 리 없었다.

　-와 씨, 님들 저거 방금 이안 님 장막 스킬 쓰는 거 봤죠? 리얼 반응 속도 미쳤네.

　-엥? 방금 뭐 장막류 스킬 발동시킨 거였어요? 어쩐지 대검이 갑자기 왜 튕겨 나가나 했네.

　-헐, 저는 그냥 저 황금 거북이가 방어 스킬 쓴 건줄 알았어요.

　-노노, 방금 물의 장막 스킬 발동시킨 것 같아요. 화염계 장막 스킬은 본 적 있는데 물의 장막은 처음 보네.

　-크, 지렸네. 저 팬티 갈아입으러 갔다 옵니다.

　-윗 님 기본이 안 돼 있으시네요. 이안 님 전투 영상 관람할 때는 기저귀 차고 오셨어야죠.

기본적으로 멀리서 논 타깃 투사체를 맞춰 내는 이안의 전투 방식이 화려하기도 했지만, 100위대에 랭크되어 있는 길드가 랭킹 1위 길드를 상대로 선전하는 전투 내용 자체가 유저들을 열광시키고 있었다.

　-이거 이러다가 로터스 길드가 정말 이기는 거 아닙니까? 로터스가 이기면 진짜 골 때리겠는데?

―에이, 설마요. 지금까지도 충분히 대단하기는 했지만, 이라한 님 싸우는 것 봐요. 저분도 진짜 괴물임. 130레벨대 병사들이 칼질 한 방에 녹아 버리네.

채팅을 읽던 하린이 처음으로 눈살을 찌푸렸다.

"뭐야, 당연히 우리 길드가 이길 건데 왜 질 것 같이 말하는 거지?"

하린이 승리를 확신하는 근거는 간단했다.

지금까지 이안과 함께한 전투에서 그가 패배하는 것을 본 적이 단 한 번도 없었으니까.

나름 합리적인 논리를 탑재한 하린이 키보드를 두들겼다.

― 이봐요, 님들, 대체 다크루나 길드가 어떻게 이긴다는 거죠? 이번 전투는 무조건 로터스가 이길 거예요.

―윗분 밑도 끝도 없는 소리 하시네? 지금까지 로터스가 엄청나게 선전하고 있기는 하지만, 아직도 다크루나 병력이 절반 가까이 건재하다고요. 아직 병사만도 1천 명 이상 남아 있는 것 같은데 무슨 소리?

하린은 입술을 삐죽 내밀며 다시 키보드를 두들겼다.

―아무튼 이겨요. 보시면 아실 듯.

―거 참, 무 논리 같이네. 아직까지는 아무리 봐도 다크루나가 조금 더

우세한 것 같은데.

　—저분 이안 팬클럽 회원이신 듯. 냅둬요.

　하린은 잠깐 동안의 키보드 배틀에 극심한 피로를 느끼고
는 채팅창을 닫아 버렸다.

　"바보들."

　세 글자로 짧게 키보드 워리어들을 평가한 하린은 다시 화
면에 집중하기 시작했다.

　그런데 그때, YTBC의 해설자들이 흥분된 목소리로 떠들
기 시작했다.

　—저, 저게 뭔가요?

　쿠웅—!

　묵직하고 거대한 소리와 함께 사방으로 흙먼지가 자욱하
게 흩날렸다.

　눈앞이 뿌옇게 변할 정도로 짙은 흙먼지 안으로 거대한 그
림자가 드리워졌다.

　이안을 비롯한 로터스 길드의 유저들은 당혹스런 표정이
되었다.

　'이 괴물 같은 놈은 대체 뭐야?'

빡빡이보다도 더 거대한 몸집의 청동 거인이 눈앞에 등장한 것이다.

자신의 키보다도 더 크고 무식하게 생긴 시퍼런 창을 움켜쥔 거인의 위용은 좌중을 압도했다.

크롸롸롸롸-!

거인은 기괴한 목소리로 전방을 향해 커다란 함성을 내지르고는 철창을 휘둘렀다.

콰아앙-!

"제기랄, 피해!"

하지만 좁은 성문에서 피할 곳은 그다지 많지 않았고, 무식한 창에 격중당한 로터스 길드의 유저 너덧 정도가 순식간에 회색빛으로 변해서 사라졌다.

이안은 거인의 머리 위에 떠 있는 정보를 확인하고는 고개를 절레절레 저었다.

'대체 어디서 갑자기 튀어나온 놈이야? 무슨 레벨이 220이나 돼?'

-거신족 돌격 대장/Lv. 220

이안의 얼굴이 구겨졌다.

'이라한 저 괴물 같은 놈 하나도 힘든데, 저건 어떻게 상대하지?'

한편 표정이 안 좋은 것은 이라한 또한 마찬가지였다.

비장의 카드였던 소환 마법 아티팩트까지 사용했음에도

전황이 그리 쉬워 보이지 않은 탓이었다.

'아무래도 저놈이 로터스 병력 전체를 좌지우지하고 있는 것 같단 말이지.'

그래도 거대 길드의 수장답게, 이라한은 전투의 흐름을 금세 파악했다.

"놈, 네 상대는 나다!"

이라한이 양 허리에 꽂혀 있던 쌍검을 뽑으며 이안을 향해 달려들었고, 그것을 발견한 이안은 재빨리 명령을 내리며 등에 메고 있던 장궁을 빼어 들었다.

"카이자르, 저 청동 거신 좀 맡아 줘!"

카이자르가 아니라면 무지막지한 괴물을 상대할 수 있는 이가 없었기 때문에 이안은 그에게 마지막 기대를 걸 수밖에 없었고, 다행히 카이자르는 고개를 끄덕이며 거신족을 향해 몸을 날렸다.

"알겠다. 거신족이라면 내 상대가 될 자격이 있지."

특유의 자아도취에, 이안은 한마디 해 주고 싶었지만 그럴 시간이 없었다.

이라한이 지척까지 다가온 탓이었다.

"죽어라!"

푸른 냉기에 휩싸인 이라한의 검이 이안의 심장을 노리며 파고들었고, 이안은 가까스로 검격을 피하며 근처에 있던 할리를 불렀다.

"할리!"

이라한은 달려들던 관성 때문에 조금 떨어져서야 멈춰 설 수 있었고, 그 틈을 타 이안은 전류 증식을 발동시켜 활시위에 걸어 올렸다.

피이잉—!

찰나지간에 물 흐르듯 이안의 연속 동작이 펼쳐졌다. 그러나 이라한의 전투 감각 또한 녹록치 않았다.

타탓—.

재빨리 허리를 비틀며 둔덕을 박차고 방향을 돌린 이라한은 이안을 향해 다시 쌍검을 휘둘렀다.

후우웅—!

쌍검에서 뿜어져 나온 검기가 ×자 형태로 이안을 향해 날아들었고, 이안은 재빨리 할리의 등에 올라타며 검기를 피해 내었다.

그리고 할리의 등에 오르자마자 이안이 가장 먼저 한 것은, 할리의 고유 능력 발동이었다.

"할리, 바람의 가호!"

이제 140레벨이 다 되어 가는 할리의 바람의 가호 버프는 순발력을 무지막지하게 뻥튀기시켜 주었고, 바람처럼 날아다니는 할리의 위에서 이안은 연달아 화살을 쏘아 대었다.

핑— 피핑—!

그리고 주변에서 그 모습을 목도한 다크루나 길드 소속의 유저들은 당황스런 표정이 되었다.

"뭐야, 저놈 소환술사 아니었어?"

"미친, 소환술사가 어떻게 저렇게 속사를 잘하는 거지?"

궁사 클래스 유저들이 피지컬을 대결할 때 가장 많이 보는 종목 중의 하나가 바로 속사였다.

논 타깃 스킬의 명중률과 빠른 속사 능력이야말로 궁사 클래스의 가장 중요한 덕목이었던 것이다.

그런데 지금 이안이 구사하는 속사는, 랭킹권에 있는 다크루나 길드의 궁사들이 보기에도 엄청난 수준이었다.

화살이 활시위를 떠나는 순간, 어느새 새로운 화살이 시위에 걸려 있었으니까.

게다가 조준부터 발사까지의 시간도, 과연 조준을 하기는 하는 건지 의심스러울 정도로 빠르게 지나갔다.

이라한의 움직임이 워낙 빠른 탓에 한두 발 씩 빗나가기는 했지만, 궁사 클래스의 명중률 보정도 없다는 점을 감안하면 명중률 또한 놀라운 수준이었다.

반면에 이안을 상대하는 이라한의 피지컬도 엄청났다.

할리를 탄 채로 신출귀몰하며 계속해서 날아드는 이안의 화살의 70퍼센트 이상을 피하거나 검으로 쳐 내며 맞상대했다.

두 사람의 전투는 거의 사전에 합을 맞추고 공수를 교환하는 묘기라 해도 믿을 만큼 화려하고 정교했다.

'제기랄, 할리 순발력이 지금 1만이 넘을 텐데 어떻게 이정도 수준으로 따라붙는 거지?'

이안은 이라한의 어마어마한 순발력 능력치에 진심으로 감탄했다.

'역시…… 비공식 랭킹 1위 유저라는 건가?'

게다가 지금까지 맞상대했던 그 누구와 비교해도 떨어지지 않는 전투 감각을 가지고 있었다.

이안은 조금씩 이라한에게 밀렸지만, 라이와 핀 그리고 빡빡이까지 합세하자 어느 정도 대등한 전투를 이어 갈 수 있었다.

이쯤 되자 어이가 없는 것은 이라한이었다.

'대체 뭐하는 놈이야, 이거?'

처음 이안을 향해 달려들 때는 순식간에 그를 제거하고 전세를 역전시킬 생각이었다.

이름조차 들어 본 적 없는 길드 소속인 데다 PVP에 최약체로 유명한 '소환술사' 유저에게 이렇게 고전하리라고는 생각지도 못한 것이었다.

만약 이안이 개인 정보를 어느 정도 공개 상태로 해 놓아서 아이디 확인이 가능했더라면 이라한도 그를 알아보았을 것이다.

'이안'이라는 소환술사는 커뮤니티에서 모르는 사람이 없을 정도로 유명했으니까.

하지만 크게 관심이 없었던 이라한은 이안의 얼굴까지 알아보지는 못했다.

거의 10여 분이 넘도록 계속해서 공방전이 이어졌다.

폴린까지 이라한을 공격하기 위해 합세했지만, 시간이 지날수록 이안은 조금씩 밀리기 시작했다.

이안은 속으로 투덜거렸다.

'이건 진짜 깡 스텟 차이야! 컨트롤은 확실히 내가 위인 것 같은데.'

전투를 어떻게 풀어 가야 할지, 이안이 머리를 열심히 굴리던 그때였다.

두 사람의 뒤쪽에서 굉음이 울려 퍼지면서 커다란 함성소리가 들려왔다.

"와아아, 거인을 쓰러뜨렸다!"

그 소리에 당황했는지 순간적으로 이라한의 움직임이 멈추었다.

그리고 그 틈을 놓칠 이안이 아니었다.

"어딜 보는 거야, 멍청아!"

어느새 활을 등에 걸어 메고 지팡이를 뽑아 든 이안이 날린 마력의 구체가 이라한의 가슴에 정통으로 틀어박혔다.

쾅- 콰쾅-!

-다크루나 길드마스터 '이라한'에게 치명적인 피해를 입혔습니다!

-이라한의 생명력이 10,349만큼 감소합니다.

자세가 흐트러지자 라이 또한 그 틈을 놓치지 않고 파고들어 이라한의 어깻죽지를 물어뜯었다.

—소환수 '라이'가 다크루나 길드마스터 '이라한'에게 치명적인 피해를 입혔습니다!

—이라한의 생명력이 21,554만큼 감소합니다.

한순간에 이라한의 생명력 게이지가 절반 이하로 떨어졌다.

이라한은 빠르게 뒤로 물러서며 방어 자세를 취했다.

그는 어이없는 표정으로 이안을 보며 물었다.

"네놈은 대체 어디서 튀어나온 놈이냐? 루스펠 제국에 이 정도로 잘 싸우는 놈이 있었을 줄이야……."

이안이 피식 웃으면서 대꾸했다.

"글쎄. 그것보다 난 네놈 스텟 창이나 한번 열어 보고 싶어. 대체 능력치가 몇이나 되는지 궁금하단 말이지."

이라한이 말을 걸며 시간을 끈다고 생각한 이안은 대꾸하면서도 쉬지 않고 몸을 움직여 다시 그에게 달려들었다.

하지만 이안이 생각지 못한 부분이 있었다.

퍼어엉—!

갑작스레 뒤쪽에서 튀어나온 철갑 기사가 이안의 앞을 막아서며 몸을 부딪쳐 온 것이다.

가까스로 중심을 잡고 뒤쪽으로 물러선 이안은 철갑 기사의 정보를 확인해 보았다.

—???/Lv.175

하지만 레벨을 제외한 모든 정보가 비공개 처리되어 있었기에, 이안은 철갑 기사의 정체를 확인할 수 없었다.

한 가지 알 수 있는 건, 그가 유저가 아니라는 것 정도였다.

'이건 또 뭐지?'

당황한 표정이 된 이안을, 이라한이 가볍게 비웃어 주었다.

"왜 네놈만 가신이 있을 것이라고 생각하는 거지?"

그 말에 곧바로 철갑 기사의 정체를 알아챈 이안은 멋쩍은 표정이 되어 뒷머리를 긁적였다.

철갑 기사는 바로 이라한의 가신이었던 것이었다.

그리고 이라한의 뒤쪽에서 그의 가신인 듯 보이는 NPC들이 대여섯 정도 모습을 드러냈다.

가신들의 평균 레벨은 거의 폴린과 맞먹는 수준이었다.

"크흐음."

이렇게 되면 이안 혼자의 힘으로 이라한을 상대하는 것은 확실히 역부족이었고, 이안은 잔머리를 굴리기 시작했다.

'이렇게 된 이상 여기도 우리 깡패 같은 가신님의 도움이 필요한데…….'

이안은 카이자르가 있는 곳을 힐끔 쳐다보았다.

카이자르는 새까만 돌덩이로 변한 청동 거인의 위를 뛰어다니며 다크루나 길드의 병력을 휘젓고 있었다.

'저쪽으로 이라한을 유인해야 하나?'

하지만 잠시 후, 이안은 더 이상 고민할 필요가 없어졌다.

이라한이 돌연 가신들을 뒤로 물렸기 때문이었다.

그의 입이 천천히 떨어졌다.

"이런 전개는 정말 상상도 못했지만 오늘은 여기서 물러가야겠군."

이안이 그를 비웃었다.

"누가 그냥 보내 준대?"

아직도 일천이 넘게 남아 있는 병력들과 140이 넘는 고레벨의 다크루나 유저들.

다 이긴 전투에서 그들은, 그야말로 경험치와 전공 포인트 덩어리나 마찬가지였기 때문에 이안은 절대로 그냥 보내 줄 생각이 없었다.

'지금 레벨 업이 또 코앞인데 어림없지.'

하지만 이라한은 여전히 여유 있는 모습이었다.

"여기서 이 비싼 스크롤까지 사용하게 될 줄은 몰랐지만, 다음에 보자고 그럼."

이라한은 품에서 보랏빛으로 빛나는 스크롤을 쭉 찢으며 주문을 외웠고, 그 순간 전장에 있던 모든 다크루나 길드 소속 병력의 몸이 보랏빛으로 빛나기 시작했다.

그리고 보랏빛의 빛줄기가 일제히 허공으로 솟구쳤다.

슈우웅-!

허공을 가득 메운 보랏빛 기둥들은 잠시 후 사라졌고, 그와 함께 다크루나 길드의 모든 병력이 전장에서 자취를 감춰 버렸다.

이안은 허탈한 표정으로 중얼거렸다.

"헐, 광역 귀환 스크롤이라니, 갑부 자식."

광역 귀환 스크롤은 한 장에 150만 골드에 육박하는 고가의 아이템이었다.

사실 다크루나 길드의 입장에서는 모조리 전멸당하느니 귀환 스크롤을 사용하는 게 훨씬 이득이지만, 그것은 다크루나 길드가 최상위 랭크 길드였기 때문이지 일반적인 입장에서는 아니었다.

어지간한 상위권 길드만 해도 귀환 스크롤은 함부로 사용할 만한 아이템이 아니었던 것이다.

그 이유는 간단했다. 배보다 배꼽이 더 큰 수준이었으니까.

광역 귀환 스크롤은, 이안만 해도 구입조차 해 본 일이 없는 아이템이었다.

"어쨌든…… 이긴 건가 그럼?"

이안은 고개를 돌려 전장을 둘러보았다.

요새 안에 두 발 딛고 서 있는 유저들과 병사들은 모두 로터스 길드 소속이었다.

이안은 활대를 번쩍 치켜들며 소리쳤다.

"이겼다!"

그리고 기다렸다는 듯, 사방에서 커다란 함성이 터져 나왔다.

어리둥절해 있던 길드원들이 이안의 외침에 확실히 상황을 파악한 것이었다.

"와아아!"

"우리가 다크루나 길드를 이겼다!"

방어 요새 구축을 위해 근 보름간 해 온 피땀 어린 노가다의 결실이었다.

랭킹 1위 길드의 공격을 막아 냈다는 자부심에 길드원들은 모두 감격했다. 피해도 제법 있었지만 처치한 적들의 숫자에 비하면 미미하달 수 있는 수준이었고, 이 전투로 인해 얻은 보상은 정말 어마어마했다.

단적인 예로, 140이 넘은 이안의 레벨이 두 계단이나 오른 것이었다.

'처음부터 게이지가 90퍼센트이상 차 있기는 했지만 그래도 레벨 하나 이상의 경험치가 차오르다니, 엄청나네.'

그런데 그때, 장내에 빼곡히 널브러져 있는 시체들의 위로 보랏빛 기운이 두둥실 떠올랐다.

이안의 두 눈동자에 이채가 어렸다.

'혹시, 잘하면……?'

이안의 눈에만 보이는 보랏빛의 기운들은 그의 인벤토리를 향해 빠르게 빨려 들어갔다.

이안은 재빨리 인벤토리를 열어 카르세우스 알의 부화율을 확인해 보았다.

-카르세우스의 알 - 부화율 : 93퍼센트

그리고 가볍게 입맛을 다셨다.

"쩝, 그래도 아직 부화는 아니네."

하지만 60퍼센트 초반대였던 부화율이 90퍼센트대가 넘어간 것을 보니 기분은 무척이나 좋아졌다.

'이제 수성전 한두 번이면 신룡을 볼 수 있는 건가?'

과연 신룡의 알 안에는 어떤 사랑스러운 소환수가 들어있을까. 이안은 벌써부터 심장이 두근거리는 것을 느꼈다.

카일란 공식 커뮤니티는 그 커다란 서버가 버벅댈 정도로 난리가 났다.

YTBC의 공성전 중계 영상의 풀 버전이 커뮤니티의 메인 게시판에 올라갔기 때문이었다.

게시물의 제목은 다음과 같았다.

-다윗에게 무너진 골리앗
-부제 : 이안을 넘지 못한 다크루나.

누가 보더라도 무척이나 자극적인 제목이었다.

'로터스' 라는 길드 네임은 그리 유명하지 않았지만 '이안'이라는 유저 네임은 어지간한 최상위 랭커 못지않게 유명했다.

그야말로 카일란을 플레이하는 유저라면 클릭해 보지 않고는 못 배길 그런 제목인 것이었다.

조회 수는 순식간에 몇 백만을 돌파했고, 영상은 카일란의 해외 커뮤니티에도 순식간에 퍼져 나갔다.

-와, 미쳤다! 이건 그냥 이안 혼자서 캐리한 거네. 제목이 과장이 아니다, 진심.

-아니, 혹시 이안 레벨 몇인지 아는 분 계심? 어떻게 소환술사가 이라한 상대로 저렇게 싸울 수가 있지?

-저기 보면 170레벨대 기사랑 합공하고 있잖아요. 이안 혼자서 싸운 거라고 보긴 좀 그럼.

-저 폴린이라는 기사는 이안 님 가신인 것 같은데……?

-무튼 이라한 님은 가신 없이 싸웠으니, 둘의 대결 자체는 이라한 님이 이겼다고 보는 게 맞을 듯요.

-아니, 이 사람들은 무슨 당연한 걸 가지고 싸우고 있어? 이라한이 이안보다 족히 20레벨은 높을 건데 그럼 이안보다 약하겠음?

-어? 그러고 보니 그러네. 이안 레벨이 아무리 높아도 아직 140은 안될 텐데, 대체 이라한이랑 어떻게 저 정도로 호각으로 싸우는 거지?

-아 몰라, 소환술사 사기 직업! 개발사는 소환술사 너프하라!

-옳소, 소환술사 너프하라!

-이 멍청이들은 무슨 소리 하는 거야?

-그러게. 소환술사를 너프해야 되는 게 아니고, 이안을 너프해야 할 듯.

-윗분 말에 동의합니다. 이안 님 반사 신경이랑 임기응변 능력이 사기임. 전 빡빡이 메테오로 수십 명 잡는 거 보고 그때 이미 지렸음.

-하, 근데 이거 너무 카메라가 멀려서 찍어서 이안 님이랑 이라한 님 전투신이 제대로 안 보이네요. 이안 님 개인 전투 영상 안 올라오려나? 보고 싶은데.

-그거 곧 소진 님이 편집해서 올려주시지 않을까요? 이안 님 영상, 소진 님이 전담해서 계속 올리시던데.

-아, 그래요? 굳굳. 올라오면 바로 그것부터 보러 가야지.

이번 공성전으로 인해 이제 이안은 완벽히 유명인사로 거듭났다.

이전까지는 소환술사 클래스와 신규 클래스 유저들 사이에서만 추앙받는 존재였다면, 이제 기성 유저들의 입에도 이안이라는 아이디가 오르내리기 시작한 것이다.

그만큼 다크루나 길드의 패배는 많은 이들에게 충격으로 다가왔다.

"어후, 이거 복구 작업도 일이네 일이야."

이안은 길드원들과 함께 부서진 방어 타워들을 복구하느

라 진땀을 빼고 있었다.

처음 지을 때보다야 훨씬 쉽고, 빠르게 지어 올리는 것이 가능했지만 그럼에도 불구하고 노동량이 엄청났기 때문이었다.

옆에 있던 헤르스가 웃으며 말했다.

"야, 그래도 이거 진짜 제대로 남는 장사 아니냐?"

"뭐가?"

"이번 수성전으로 얻은 전공 포인트만 자원으로 다 바꿔도 잃은 것보다 얻은 게 더 많은 수준이야. 게다가 방어 타워들 중에는 경험치가 꽉 차서 레벨 업된 것들도 제법 있더라고."

이안은 고개를 끄덕이며 대답했다.

"그건 그렇지. 이게 처음부터 내 계획이었으니까."

영지 내에 있는 전쟁 교역소는, 그야말로 황금 알을 낳는 거위였다.

전투를 거듭할수록 그게 곧 자원이 되어 돌아왔으니까.

파이로 영지는 수성에 성공할 때마다 계속해서 방어력이 더 강력해질 것이다.

시간이 지날수록 더 높은 테크의 방어 타워를 생성할 수 있게 될 것이고, 여유가 생기면 전투 유닛 생산 건물의 시설 레벨도 올릴 수 있을 것이다.

그럴수록 파이로 영지는 점점 더 견고한 철옹성으로 거듭날 것이다.

"그나저나 우리가 진짜 다크루나를 이기다니, 이런 날이 올 줄은 꿈에도 몰랐네."

이안이 피식 웃으며 입을 열었다.

"아직 안심하기는 일러."

그 말에 헤르스가 투덜거렸다.

"누가 안심한대? 일단 승리했으니 기분 좀 내 보는 거지."

이안의 말이 이어졌다.

"하지만 앞으로 한 두어 번만 더 확실히 막아 내면 그때는 정말 안심해도 될 것 같아."

"두어 번?"

헤르스의 물음에 이안이 고개를 끄덕였다.

"그래. 하지만 한두 차례 정도는 이번보다 더 힘든 전투가 될 지도 몰라."

"왜? 카이몬 제국군 때문에?"

이안이 고개를 주억거렸다.

"맞아. 이번에 다크루나 길드에서 공성에 실패하고 되돌아갔으니, 아마 일반 길드에서는 섣불리 우리 요새를 공격하려 하지 않을 거야."

"그건 그렇겠지. 현 시점에 다크루나보다 강한 전력을 가진 길드는 존재하지 않으니까."

이안의 말이 계속해서 이어졌다.

"아마 며칠 동안은 계속 잠잠할 거고 최전선에 있는 다른 거점지들이 싹 다 점령당하고 나면, 다시 우리 영지가 타깃

이 되겠지."

이안의 말이 의미하는 바를 깨달은 헤르스가 한숨을 푹 쉬었다.

"후, 그때는 정말 사방에서 적이 밀려들겠군."

이번 수성전은 그래도 전면에서 밀려오는 적만을 상대하면 되는 방어전이었다.

그렇기에 로터스 길드도 방어 타워를 전부 전면에 배치하였고, 병력도 전면에 집중하여 적들의 공격을 막아 낸 것이었다.

하지만 최전선의 모든 거점지가 점령되고 난 뒤라면, 파이로 영지는 그야말로 적진 한가운데 덩그러니 남게 될 테고, 사방에서 끊임없는 공격을 받아야 할 것이다.

이안이 다시 입을 열었다.

"그때까지는 아직 시간이 있어. 그 전까지 할 수 있는 모든 걸 다 해 봐야지."

이안의 말에 헤르스가 굳은 표정으로 고개를 끄덕였다.

"그래, 네 말처럼 이건 진짜 둘도 없는 기회다."

"그렇지. 이 요새만 끝까지 지켜 내면, 우리도 타이탄이나 다크루나와 어깨를 나란히 할 만큼 길드를 성장시킬 수 있어."

빈말이 아니었다.

중부 대륙에서 무지막지한 레벨과 규모를 자랑하는 카이몬 제국군을 상대로 연이은 승리를 얻어 낸다면, 로터스 길드는 무지막지한 속도로 성장할 수 있으리라.

대화를 마친 두 사람은 다시 방어 타워 수리 작업을 위해 몸을 움직였다.

적들의 움직임을 보면 한동안 공격받을 일이 있을 것 같지는 않았지만, 그래도 언제 기습이 있을지 모르니 방어선 구축은 최대한 빨리 끝내 놓아야 했다.

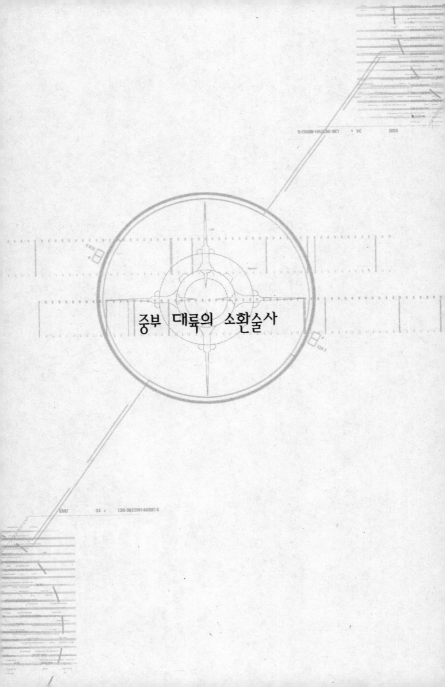

중부 대륙의 소환술사

Taming Master

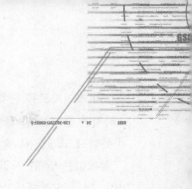

"흐음, 역시 이렇게 더운 날엔 그늘 밑에 누워서 낮잠 한 숨 때리는 게 최고란 말이지."

파이로 영지 구석의 둔덕에 지어져 있는 정자에서 뿍뿍이를 베고 누운 카이자르가 콧노래를 흥얼거리며 낮잠을 청하고 있었다.

그리고 그 옆에는 훈이가 삐죽거리며 앉아 있었다.

"쌀쌀한 가을 날씨에 덥다니. 역시 정상은 아니라니까."

훈이의 구시렁거림을 들은 카이자르가 번개같이 그의 머리에 꿀밤을 먹였다.

콩―.

"아야!"

훈이 카이자르를 한차례 째려보았다.

하지만 훈이는 양 볼만 빵빵하게 부풀린 채, 아무 말도 하지 못하고 고개를 푹 숙였다.

"쓸데없는 말 할 시간 있으면 레벨이라도 올리고 와라, 꼬마야. 너무 허접해서 상대해 주고 싶은 마음조차 들지 않는구나."

카이자르의 빈정거림에, 머리맡에 있던 뿍뿍이도 동조했다.

뿍— 뿌뿍—.

하지만 모욕적인 말을 들었음에도 훈이는 어떤 대꾸도 하지 못했다.

그리고 그것에는 다 이유가 있었다.

바로 10분 전, 훈이는 카이자르에게 무참히 깨진 것이다.

심지어 카이자르는 아무런 무기도 들지 않고 맨손으로 싸웠다는 것이 더 충격적이었다.

게다가 훈이는 카이자르 생명력의 10퍼센트도 채 깎지 못했다.

'괴물 같은 놈, 내가 임모탈의 능력만 손에 넣는다면 반드시 이 치욕을 갚아 줄 테다!'

절치부심하는 훈이를 보며, 뿍뿍이는 뭐가 좋은지 뿍뿍거리며 웃어 댔다.

그에 훈이의 표정이 일그러졌다.

"넌 왜 웃어? 머리만 큰 거북이가!"

발끈한 훈이가 뿍뿍이를 위협했지만, 뿍뿍이는 눈 하나 깜짝하지 않았다.

바로 카이자르라는 보호자를 믿고 있었기 때문이었다.

"시끄럽다, 쓸모없는 부하 놈아."

훈이가 억울한 표정으로 입을 열었다.

"아니, 주인! 왜 저런 덜떨어진 거북이를 감싸고도는 건데? 쟤는 무슨 쓸모가 있어?"

하지만 카이자르는 훈이에게 눈길도 주지 않은 채 심드렁한 목소리로 대꾸했다.

"우리 뿍뿍이는 베고 누우면 얼마나 머리가 시원한데. 게다가 목마를 땐 시원한 물도 공급해 준다."

물의 장막 고유 능력을 장착한 뒤로, 뿍뿍이는 물을 만들어 낼 수 있는 능력을 갖게 된 것이다.

카이자르의 말이 이어졌다.

"반면에 꼬마 네놈은 아무 짝에도 쓸모가 없다."

"하아……."

혀를 차며 훈이를 보고 있던 뿍뿍이는, 훈이가 눈을 부라리자 혀를 쏙 내밀더니 껍질 안으로 들어가 버렸다.

그에 훈이의 인내심이 폭발하고 말았다.

"씨…… 조금만 기다려라, 주인. 내가 금방 강해져서 돌아온다!"

이글이글 타오르는 눈빛을 한 훈이는 몸을 휙 돌려 어디론

가 걸음을 옮기기 시작했고, 그런 그를 향해 카이자르가 한
마디 던졌다.

"일주일 내로는 돌아와라, 꼬마. 영주 놈이 일주일 뒤에는
또 카이몬 놈들이 쳐들어올 거랬다."

훈이가 걸음을 멈추고 고개를 휙 돌리며 입을 열었다.

"나 쓸모없다며! 왜 또 오라 하는 거야?"

"그래도 싸울 땐 네놈이 옆에 있어야 덜 심심하다."

"……."

"꼬마 놈의 쓸모를 드디어 찾은 것 같군."

카이자르의 말에 왠지 모르게 기분이 좋아지는 걸 느낀 훈
이는 고개를 세차게 흔들며 다시 걸음을 옮기기 시작했다.

'내가 더러워서라도 빨리 임모탈의 권능을 얻어야겠어!'

자신도 모르는 사이 카이자르에게 조금씩 길들여지고 있
는 훈이를 보며, 뿍뿍이가 안쓰러운 표정을 지어 보였다.

뿍— 뿌뿍—.

그리고 뿍뿍이를 향해 시선을 돌린 카이자르가 문득 입을
열었다.

"그런데 뿍뿍이 너, 영주 놈에게 가 봐야 되는 거 아니냐?"

뿍뿍이의 동공이 조금씩 흔들리기 시작했다.

뿌욱……?

카이자르의 말이 이어졌다.

"지금 네 친구들은 전부 저기서 벽돌 나르고 있는데, 너만

여기서 이렇게 놀고 있어도 되는 거냐?"

아픈 곳을 찔린 뿍뿍이가 카이자르를 째려봤다.

뿍– 뿌뿍–!

그에 제 발 저린 카이자르가 허공을 보며 딴청을 피웠다.

"아, 나야 벽돌이나 나르기엔 고급 인력이기도 하고 원래 영주 놈 말을 안 들으니까 괜찮지만, 너는 그러다가 미트볼 끊길 수도 있잖아?"

뿍뿍이의 동공 지진을 보던 카이자르는 벌러덩 누워 버렸다.

"난 잠이나 한숨 더 자련다."

루스펠 후방 거점의 임시 막사.

총 예닐곱 정도의 인원이 진지한 표정으로 원탁에 둘러앉아 있었다.

그들은 다름 아닌 루스펠 제국 소속 거대 길드들의 길드마스터였다.

물론 그 안에는 일전에 긴급 회동을 가졌던 3대 길드의 마스터인 사무엘 진과 마틴, 그리고 로이첸이 포함되어 있었다.

로이첸이 좌중을 둘러보며 입을 열었다.

"다들 현 상황은 잘 알고 계시리라 생각하고……."

로이첸의 시선이 사무엘 진을 향했다.

"사무엘 님, 다크루나 길드가 깨진 것에 대해선 어떻게 생각하시는지요?"

그의 물음에 사무엘 진이 표정을 살짝 구기며 대답했다.

"그걸 제게 묻는 이유가 뭡니까?"

그에 로이첸이 인상을 굳히며 대답했다.

"몰라서 그러십니까? 지금 이 계획을 처음에 발의하신 분이 사무엘 님이니까 그러지요."

"그게 무슨 상관인지……?"

능청을 떠는 그를 보며 로이첸이 다시 입을 열었다.

"로터스 길드의 선전을 보셨으니 아시겠지만, 우리가 적극적으로 지원해 주었더라면 분명히 최전선에서 중상위권 길드들의 거점들을 지켜 가며 카이몬 제국군을 막아 낼 수 있었을 겁니다."

최근 로터스 길드의 선전을 보며, 로이첸은 며칠 전 사무엘 진과 마틴을 막지 못한 것을 후회하고 있었다.

'이렇게까지 이기적으로 전략을 짜지 않았더라도, 분명 막아 낼 다른 방법이 있었던 거였어.'

그가 후회하는 이유에는 전방에서 희생될 중상위권 길드들에 대한 미안함도 분명 포함되어 있었지만, 가장 큰 이유는 제국 차원에서의 손실이었다.

사무엘 진의 전략은 지금 당장이야 별문제 없어 보이는 전략이었지만, 결국 그들의 이번 선택으로 인해 루스펠 제국의 중상위권 길드들은 중부 대륙에서 성장할 기반을 잃어버리게 될 것이었다.

그렇다면 루스펠 제국의 중상위권 길드들은 카이몬 제국의 중상위권 길드들에 비해 지속적으로 성장이 더뎌질 수밖에 없고, 이것은 곧 루스펠 제국 전력의 치명적인 약화를 초래할 것이 분명해 보였다.

지금이야 유저들의 전력이 제국군보다 훨씬 약하기에 많이 티가 나지 않았지만, 시간이 갈수록 유저들의 영향력은 점점 더 커질 것이었다.

지금은 비교적 허약한 중상위권 길드들의 전력이 아쉬워질 날이 분명 올 것이라고 로이첸은 생각했다.

잠시간 아무 말이 없던 사무엘 진이 로이첸을 응시하며 입을 열었다.

"물론 로터스 길드가 다크루나 길드의 병력을 막아 낸 것은 대단하다고 생각합니다. 제가 미처 예상치 못했던 부분인 것도 인정하고요."

좌중의 시선이 사무엘 진의 입을 향해 모였고, 그의 말이 다시 이어졌다.

"하지만 로터스 길드의 영지를 제외하면 그만한 방어력을 갖춘 거점지는 단 한 군데도 없었습니다. 아니, 파이로 영지가 가진 방어력의 절반 수준이라도 다른 길드들이 구축했더라면, 저도 다른 방법을 생각해 봤을 겁니다."

사무엘 진의 말도 분명히 일리는 있었다.

그것은 지금 최전방 지역의 전황만 봐도 알 수 있었다.

다른 길드의 거점들은 파이로 영지만큼 대규모 공격을 받은 것이 아님에도 저항 한번 해 보지 못한 채 모조리 점령당한 것이었다.

로이첸의 입에서 낮은 한숨이 흘러나왔다.

'후, 사무엘의 말도 틀린 건 아니지만 다른 방법을 찾았어야 했는데…….'

지금이라도 전방으로 병력을 이끌고 나가 빼앗긴 거점들을 수복하자는 얘기가 턱밑까지 차올랐지만, 로이첸은 결국 쓴웃음을 지을 수밖에 없었다.

'이제는 정말 늦었지.'

로이첸의 입이 열렸다.

"애초에 우리 모두의 잘못인 것 같습니다. 루스펠 제국 소속의 길드들이 더 빨리 단합했어야 했던 것 같습니다. 카이몬 제국군에게 중앙 지역을 모조리 빼앗기기 전에 전방 거점지를 차지하고 있던 길드들이 방어력 구축에 힘을 썼어야 했었는데…….."

그의 말에 모두가 고개를 주억거렸다.

조금 빨리 움직였더라면 이렇게 쉽게 대륙 중앙 지역을 전부 내어 주지는 않았을 것이었다.

사무엘 진이 쓴웃음을 지으며 입을 열었다.

"우리는 원래 계획대로 후방 방어선을 더욱 견고하게 만들어야 합니다. 계속해서 저들을 막아 내다 보면 역전의 기회가 올 것이라 생각합니다."

마틴도 그의 말에 동조했다.

"사무엘 님의 말씀이 맞습니다. 기회가 오면 그때 놓치지 않고 잡으면 됩니다."

다들 두 사람의 말에 고개를 끄덕이는 분위기였지만, 로이첸 만큼은 속으로 고개를 절레절레 저었다.

'한번 벌어지기 시작한 차이는 시간이 갈수록 눈덩이처럼 불어날 텐데, 어떻게 저렇게 안일한 생각들을 할 수 있는 건지……'

완벽한 승기를 잡은 카이몬 제국 소속의 길드들은, 이제 스노우 볼을 굴려 가며 더욱 차이를 벌릴 것이 분명했다.

로이첸은 짧게 한숨을 쉬며 임시 막사의 바깥으로 나왔다.

'하긴, 지금까지 이렇게 안일하게 대처해 왔으니 계속해서 카이몬 제국 소속의 길드들에게 밀려 왔던 거겠지.'

전체 길드랭킹 1, 2위인 다크루나 길드와 타이탄 길드에 비해 루스펠 제국의 3대 길드는 항상 한발 늦은 움직임을 보여 줬다.

그리고 그 차이가 계속해서 쌓여 결국 지금의 상황에 이르게 된 것이리라.

로이첸은 길드 거점을 향해 걸음을 옮겼다.

지금 당장 할 수 있는 것은 카이몬 제국군이 들이닥치기 전에 조금이라도 내실을 키우는 것뿐이었다.

한편 무너졌던 방어선의 구축이 거의 마무리 단계에 들어가자, 이안은 홀로 영지를 나섰다.

이틀간 전투를 쉬었더니 몸이 근질거린 탓이었다.

'카이몬 제국군에 포위되기 전에 최대한 사냥을 많이 해놔야겠어.'

아직은 주변 거점이 전부 점령당하지 않았기 때문에, 조심만 한다면 필드를 돌아다니며 사냥하는 것도 가능했다.

하지만 완벽히 제국군에 포위되고 나면 꼼짝없이 영지 안에만 틀어박혀 있게 될 것이다.

'다음 수성전 있기 전에 신룡이라도 부화시킬 수 있으면 더할 나위 없이 좋고.'

이런저런 생각을 하며 걸음을 옮기던 이안은, 옆을 졸졸 따라오는 뿍뿍이를 향해 고개를 돌리며 입을 열었다.

"뿍뿍아."

뿍-?

"이 근처에 혹시 미 발견 던전 같은 거 없냐?"

종종 히든피스 헌터가 아닐까 할 정도로 놀라운 탐색 능력을 보여 주는 뿍뿍이였기에 이안은 약간의 기대를 하며 그를 응시했다.

하지만 뿍뿍이는 고개를 절레절레 저었다.

뿍― 뿌뿍―.

이안이 실망스런 표정으로 한숨을 푹 쉬는 찰나, 심드렁한 표정으로 이안의 뒤를 따라오던 카이자르가 생각지도 못한 말을 꺼내었다.

"영주 놈아."

"왜 가신님?"

"미발견 던전 같은 건 몰라도, 네가 흥미로워할 만한 곳을 한 군데 알고 있다."

오래 전 중부 대륙을 무대로 전장을 휘젓고 다녔던 카이자르의 말이었기에, 이안은 반색하며 물었다.

"오, 가신님! 뭐 아는 거 있어?"

카이자르가 고개를 끄덕이며 대답했다.

"나도 잊고 있었던 곳인데 방금 갑자기 생각났다."

이안의 궁금증이 더욱 증폭되었다.

"어디, 어딘데! 빨리 얘기해 봐."

이안이 계속해서 재촉하자, 뜸을 들이던 카이자르가 인상을 팍 찌푸리며 쏘아 댔다.

"자꾸 귀찮게 굴면 말 안 한다?"

그에 흠칫 놀란 이안이 시무룩한 표정이 되자, 카이자르가 피식 웃으며 말을 이었다.

"홀드림의 무덤에서 북서쪽으로 움직이다 보면 커다란 바위산이 있다."

이안을 비롯해 옆에 있던 폴린과 세리아도 카이자르의 말에 귀를 기울이기 시작했다.

"그리고 바위산의 중턱에 있는 커다란 바위를 치우면 그 안쪽에 셀라무스의 제단이라는 곳이 있다."

"셀라무스?"

어디선가 들어본 것 같은 이름에 이안이 고개를 갸웃하는데, 뜬금없는 곳에서 감탄사가 터져 나왔다.

목소리의 주인공은 조용히 이안의 뒤를 따라오던 빡빡이였다.

-셀라무스! 오, 셀라무스라는 이름을 다시 듣게 될 줄이야!

이안이 반색하며 물었다.

"오, 빡빡이도 아는 사람이야?"

이안의 물음에 빡빡이가 고개를 주억거리며 대답했다.

-잘 알고 있지. 하지만 셀라무스는 사람의 이름이 아니다.

"그럼?"

빡빡이의 말이 이어졌다.

-고대의 중부 대륙 중립 부족 중 하나의 이름이지.

잠시 생각한 이안이 다시 물었다.

"사막 전사들…… 같은 건가?"

이번에는 카이자르가 대답했다.

"맞다, 영주 놈아. 지금 카이몬 제국을 돕고 있는 사막 전사들의 부족 이름이 '마젤란'이라면, '셀라무스'라는 또 다른 사막 부족도 존재했었다고 생각하면 된다."

"……!"

이안의 두 눈이 휘둥그레졌다.

만약 셀라무스의 제단에서 '마젤란의 징표'와 같은 아티팩트를 얻을 수 있다면, 엄청난 힘이 될 것이었으니까.

이안이 다시 입을 열었다.

"그럼 셀라무스의 징표 같은 건 없어?"

이안이 무슨 생각을 하는지 알아챈 카이자르가 피식 웃으며 대답했다.

"후후, 아쉽게도 그런 건 없을 거다. 셀라무스의 일족은 오래 전에 멸족한 것으로 알려져 있으니까."

이안이 입맛을 다셨다.

"쩝, 좋다가 말았네. 그런데 왜 내가 흥미로워할 만한 곳이라고 한 거지?"

"마젤란의 징표처럼 중립 부족의 힘을 끌어다 쓸 수 있는 아티팩트는 없더라도, 다른 능력을 가진 아티팩트를 구할 수 있을지도 모르니까."

카이자르의 말에 이안은 고개를 끄덕이며 속으로 생각했다.

'하긴, 내가 처음 발견하는 장소라면 하다못해 뭔가 최초 발견 보상이라도 있겠지.'

그리고 빡빡이가 한마디 더 부언했다.

그것은 이안이 무척이나 솔깃할 만한 내용이었다.

―그리고 셀라무스 부족은 고대 중부 대륙을 호령하던 강력한 중립 부족 중 유일하게 소환술사만으로 구성된 부족이었다.

이안의 고개가 빡빡이를 향해 휙 돌아갔다.

"뭐, 정말?"

그리고 카이자르를 슬쩍 째려봤다.

"가신님아, 이렇게 중요한 얘기를 빼먹으면 어떡해?"

하지만 카이자르는 그저 어깨를 으쓱해 보일 뿐이었다.

"자, 이제부터는 각자의 갈 길을 가도록 하십시오! 전선에 남아 카이몬 제국군과 맞서 싸울 이들은 저기 막사에 가서 용병 등록을 하면 되고, 그게 아니라면 제국 소속 영지에 몸을 의탁하는 게 좋을 겁니다."

수석 황실 기사의 말에, 줄지어 서 있던 일행이 여기저기 흩어지기 시작했다.

그들은 바로 동부 대륙에서 출발해 중부 대륙에 도착한 루스펠 제국의 지원군이었다.

그리고 지원군의 행렬에 합류해 중부 대륙으로 넘어온 루스펠 제국의 유저들 또한 분주히 움직이기 시작했다.

"후훗, 드디어 중부 대륙 입성인가!"

일행에서 떨어져 나온 카노엘은 뿌듯한 표정을 지으며 주변을 돌아봤다.

"크, 낭만적인 사막이군. 중부 대륙의 몬스터들이 그렇게 경험치를 많이 준다던데, 이제 광렙만이 남은 건가?"

카노엘은 씨익 웃으며 옆을 따라오는 레드 드레이크를 향해 고개를 돌렸다.

"용용아, 너도 마음에 들지?"

드레이크는 바로 카노엘의 영혼의 듀오라고 할 수 있는 용용이었다.

크르르르-!

드레이크는 기분 좋은 표정으로 고개를 끄덕였고, 카노엘은 드레이크의 머리를 쓰다듬어 주며 중얼거렸다.

"흠, 근데 사냥터에 대한 정보를 하나도 모르는데……. 접속 종료하고 커뮤니티부터 뒤져 봐야 하나?"

그런데 그때, 카노엘의 시야에 두 명의 남자가 걸어 나오며 대화를 나누는 것이 들어왔다.

카노엘은 두 사람의 대화에 귀를 기울였다.

그들에게서 필요한 정보를 얻을 수도 있을 것 같았기 때문이었다.

"넌 이제 어떻게 할 거야? 용병 등록하고 최전선에서 싸울 거야?"

"무슨 그런 바보 같은 소릴 하냐? 지금 카이몬에 연전연패 중인데, 최전방 전투에 참여하는 건 자살 행위지."

"그래도 보상이 엄청 짭짤해서 참여하는 게 나쁘진 않다고 하던데?"

"모르는 소리. 초기에야 그랬지만, 지금은 너무 압도적으로 밀려서 보상도 별로 못 받는다더라고."

두 사람의 대화를 들으며, 카노엘은 속으로 고개를 주억거렸다.

'으음…… 전쟁에 지고 있다는 얘기는 들었지만, 생각보다 상황이 심각한가 보군.'

두 남자의 대화는 계속해서 이어졌다.

"흠…… 그래?"

"그렇다니까."

"그럼 너는 어떻게 할 건데?"

"난 아마 후방에 있는 거대 길드 영지로 가서 세이브 포인트 등록하고 근처에서 사냥할까 생각 중이야."

"오호, 그것도 괜찮아 보이네. 근데 나는 파이로 영지는 한번 가 보고 싶어. 거기 들렀다가 가자."

"파이로 영지? 아, 로터스 길드 영지 말하는 거구나. 나도 거기 가 보고 싶긴 한데, 그거 좀 위험할 수도 있어."

"왜?"

"아마 지금쯤 카이몬 제국군이 그 근방 거점지들을 대부분 점령했을 거거든. 운 좋게 제국군이랑 안 마주치면 괜찮겠지만, 마주치면 그대로 끔살이니까."

"흠…… 그런가?"

두 사람의 대화를 듣던 카노엘은 돌연 걸음을 옮기기 시작했다.

행선지를 정한 까닭이었다.

카노엘이 두 주먹을 불끈 쥐었다.

'그래, 내가 그걸 잊고 있었다니! 중부 대륙까지 왔는데 나의 우상을 만나러 가지 않을 수 없지!'

카노엘이 말한 우상이란 다름 아닌 이안이었다.

카노엘은 유캐스트에서 이안의 전투 영상을 몇 번 시청한 뒤, 이안의 완벽한 팬이 된 것이었다.

소환수들을 자유자재로 부리며 전장을 지배하는 이안의 전투 능력은, 그의 이상향과 완벽히 일치했다.

'좋아, 이제 파이로 영지가 어디에 있는지만 알아내면 되겠어!'

카노엘은 전방에서 걸어오는 기사 유저를 발견하고는 빠른 걸음으로 그를 향해 다가갔다.

막 중부 대륙에 도착해 행색이 깔끔한 다른 유저들과는 달리, 그의 갑옷은 온통 모래투성이였다.

딱 봐도 중부 대륙에서 이미 오랜 기간 머물고 있는 유저라는 느낌이 든 것이다.

"저기, 죄송하지만 뭐 하나만 물어도 되겠습니까?"

"네, 말씀하세요."

"다름이 아니라 혹시 파이로 영지로 가려면 어느 방향으로 가야 하는지 알고 싶어서요."

카노엘의 말에 그의 행색을 한번 훑어본 남자는 의아한 표정을 지으며 되물었다.

"파이로 영지요? 로터스 길드의 영지 말하시는 거 맞죠?"

"네. 맞아요."

"흠, 레벨이 너무 낮으신데……."

남자의 시선은 카노엘의 아이디와 레벨을 향해 있었다.

–소환술사 카노엘/Lv.100

당황한 카노엘이 머뭇거리자 남자의 말이 이어졌다.

"뭐, 그래도 장비는 진짜 최상급으로만 싹 다 맞추셨네요. 컨트롤만 좀 되시면 어찌어찌 가실 수도 있을 듯."

현실에서 SH전자의 상속자인 카노엘에게 100레벨대의 최상급 장비들 정도는 그야말로 껌 값이었고, 당연하게도 모든 부위를 최상급의 아이템으로 도배하고 있었던 것이다.

카노엘이 환하게 웃으며 입을 열었다.

"아, 다행이네요. 제가 또 컨트롤은 나쁘지 않아서, 후후."

피식 웃은 남자는 손가락으로 방향을 가리키며 설명을 시작했다.

"저쪽으로 쭉 나가셔서……."

스르륵-.

"어, 어라?"

걸음을 옮기던 이안은 발밑에 있던 모래들이 움직이는 것을 보고 당황했다.

"카이자르, 이쪽으로 가도 되는 거 맞아?"

카이자르가 고개를 끄덕이며 대수롭지 않은 표정으로 대꾸했다.

"그렇다. 내가 네놈에게 거짓말을 쳐서 뭐 할까?"

말을 마친 카이자르는 성큼성큼 앞으로 걸어갔다.

그리고 잠시 후 이안은 두 눈이 휘둥그레질 수밖에 없었다.

쏴아아-!

모래가 소용돌이의 모양으로 휘몰아치며 카이자르를 빨아들였기 때문이었다.

그리고 카이자르는 그 자리에서 감쪽같이 사라졌다.

땅으로 꺼졌다는 표현이 조금 더 정확할 것이었다.

"헉!"

당황하고 있는 이안의 옆에서 빡빡이가 입을 열었다.

-주인, 저 안쪽에서 카이자르의 힘이 느껴진다. 저기가 카이자르가

말한 제단의 입구인 것 같다.

"그, 그래?"

모래 속에 집어삼켜지는 광경이 제법 충격적이었기 때문에 발이 쉽게 떨어지지는 않았지만, 이안은 천천히 걸음을 옮기기 시작했다.

"이 밑에 이상한 사막 괴수 같은 게 있어서 먹히거나 하는 건 아니겠지?"

그리고 이안이 다섯 걸음도 채 옮기기 전…….

"으아악-!"

외마디 비명과 함께 이안의 신형이 사막의 모래 속으로 빨려 들어갔다.

그리고 그 뒤를 따라 폴린과 세리아도 걸음을 옮겼다.

스스슥-.

잠시 후, 일행을 모두 집어삼킨 모래 더미는, 마치 아무일도 없었다는 듯 고요한 상태로 돌아갔다.

-고대 소환술의 역사가 담겨 있는 '셀라무스의 제단'을 최초로 발견하셨습니다.

-명성이 10만 만큼 증가합니다.

-모든 전투 능력이 10만큼 영구적으로 증가합니다.

-통솔력과 친화력이 각각 50만큼 경구적으로 증가합니다.

연이어 울려 퍼지는 시스템 메시지 소리와 함께, 이안은 어두컴컴한 비동 안으로 떨어졌다.

쿵―.

―무방비 상태에서의 낙하로 인해 생명력이 175만큼 감소합니다.

온몸이 모래투성이가 된 채 바닥에 곤두박질친 이안은 작은 목소리로 투덜거렸다.

"아 놔, 꼭 이렇게 정신 사납고 불친절할 수밖에 없는 거야?"

하지만 투덜거리는 입과는 별개로, 표정은 싱글벙글하고 있었다. 최초 발견으로 얻은 보상이 생각했던 것보다 더 대단했으니까.

'이게 웬 떡이냐! 딴 건 몰라도 통솔력이랑 친화력만큼은 진짜 꿀이네.'

잠시 후 일행이 전부 모이자, 이안은 다시 걸음을 옮기기 시작했다.

"카이자르, 여기가 네가 말했던 그 제단이 맞는 거야?"

이안의 물음에 카이자르는 망설임 없이 고개를 끄덕였다.

"그렇다. 나도 당시에 전장을 돌아다니던 중 우연히 찾게 된 장소다."

카이자르를 필두로 일행은 천천히 안쪽을 향해 걷기 시작했고, 어두컴컴했던 비동은 조금씩 밝아지기 시작했다.

'음, 저 안쪽에 확실히 뭔가 있을 것 같긴 한데…….'

그런데 그때, 반갑지 않은 시스템 메시지가 하나 떠올랐다.

―산소가 부족한 밀폐된 지하 공간입니다.

-움직임이 10퍼센트만큼 느려지며, 초당 최대 생명력의 0.1퍼센트만큼씩 생명력이 감소합니다.

-생명력이 127만큼 감소합니다.

이안의 표정이 구겨졌다.

"뭐야, 산소 부족으로 사망할 수도 있는 거야?"

초당 0.1퍼센트만큼씩 생명력이 감소한다면 17분 정도면 생명력이 전부 고갈된다는 의미다.

물론 생명력 회복 아이템이나 스킬로 버틸 수는 있었지만, 모든 인원의 생명력이 전부 감소하기 때문에 상당히 까다로운 환경임에는 틀림없었다.

카이자르가 이안을 비웃었다.

"수련이 부족하군. 나는 이 정도의 산소량이면 아무런 피해도 입지 않는다."

그리고 일행 중 유일하게 카이자르만 멀쩡한 상태였다.

이안은 고개를 절레절레 저었다.

'역시 괴물.'

생명력 관리를 해 주면서 천천히 안으로 들어서자, 비동은 점점 넓어졌다. 그리고 잠시 후 일행의 눈앞에 탁 트인 공간이 나왔고, 그 중앙에는 커다란 황금빛의 동상이 서 있었다.

동상은 마치 승천을 위해 허공으로 날아오르는 이무기와 같은 형상을 하고 있었고, 그 앞에는 커다란 박도를 등에 멘 노인이 서 있었다.

이안은 의아한 표정으로 카이자르에게 물었다.

"가신님, 저 노인 알아?"

카이자르가 고개를 끄덕였다.

"물론 알고 있다."

잠시 뜸을 들인 카이자르가 씨익 웃으며 천천히 입을 열었다.

"나와 검을 맞대고서도 아직까지 살아 있는 유일한 노친네라고 할 수 있지."

카이자르의 말에 이안은 새삼스러운 눈으로 노인을 보았다.

'카이자르랑 싸워서 살아남은 거면 최소 비슷한 레벨이라는 건가?'

어쨌든 무서운 인물인 것은 분명했고, 이안은 당장이라도 전투를 시작할 수 있도록 스킬 쿨타임들을 체크했다.

하지만 조심스러운 이안과는 달리, 카이자르는 성큼성큼 앞으로 다가가 노인에게 말을 걸었다.

"오랜만이야, 노인네."

그리고 카이자르를 슬쩍 쳐다본 노인은 살짝 인상을 찌푸리며 입을 열었다.

-이놈아, 말은 바르게 해야지. 내가 지금 살아 있냐? 죽어 있지. 내가 유령이 아니었으면 십년 전에 네놈 손에 죽었을 거 아냐.

투덜거리는 그를 보며 카이자르는 피식 웃었다.

"아, 그게 그렇게 되는 건가?"

두 사람이 대화하는 동안 이안도 둘의 바로 앞까지 다가왔고, 노인의 시선이 이안을 향해 움직였다.

　-이 꼬마는 뭐야? 제자라도 거둔 건가? 아, 아니겠군. 소환술사를 제자로 거뒀을 리는 없으니까 말이야.

　실소를 지은 카이자르가 짧게 대꾸했다.

　"내가 모시는 영주 놈이다."

　이안이 조용한 목소리로 항변했다.

　"영주님이라고 좀 해 주면 안 될까?"

　"싫다. 그러기엔 네놈이 너무 약해."

　"……."

　카이자르가 노인을 가리키며 다시 입을 열었다.

　"저 노망난 노인네 정도만큼이라도 강해지면 한번 고려해 보겠다."

　"크흠……."

　이안의 시선이 노인을 향했고, 자연히 그를 보고 있었던 노인과 두 눈이 마주쳤다.

　이안이 노인을 향해 입을 열었다.

　"아저씨는 이름이 뭐예요?"

　-아저씨라니! 나는 셀라무스 부족의 수호자, 이클립스다. 그나저나 카이자르를 가신으로 둔 영주라니. 그런 게 가능할 줄이야. 저 무식한 놈을 어떻게 구워삶았는지는 몰라도 용하군.

　"……."

속사포처럼 쉬지 않고 말을 쏘아 대는 이클립스였다.

이안은 '전설 등급 아이템 하나 조공하면 되던데요?'라는 말이 목 끝까지 차올랐지만 겨우 되삼키며 입을 열었다.

"어쩌다 보니…… 그런데 그럼 아저씨도 소환술사예요?"

이클립스가 버럭하며 대꾸했다.

–아저씨 아니라니까! 이클립스라고 불러라. 내 명예로운 이름이다.

이안은 한숨을 푹 쉬며 말했다.

"아, 알겠어요, 이클립스. 대답이나 해 줘요."

–그래, 나는 소환술사다. 하지만 용맹한 전사이기도 하지.

이클립스의 말에 이안은 의아한 표정이 되었다.

'뭐지? 듀얼 클래스라도 된다는 건가?'

흥미로운 표정이 된 이안이 질문하려는 찰나, 카이자르가 먼저 입을 열었다.

"이클립스, 어떤가?"

–뭐가?

"우리 영주 놈이라면 셀라무스의 시험대에 오를 자격이 있냐고 물은 거다."

무슨 말인지 이해하지 못한 이안은 벙찐 표정으로 두 사람을 번갈아 응시했고, 잠시 후 이클립스의 입이 천천히 열렸다.

–흠, 확실히…….

이안을 아래위로 쭉 훑어 본 이클립스의 말이 이어졌다.

–확실히 무식한 네놈보다는 낫겠군. 만족스럽지는 않지만, 이 정도라

면 기회를 줘 볼만 해.

카이자르는 히죽히죽 웃고 있었고, 이안은 영문 모르는 표정으로 옆에 있던 폴린에게 물었다.

"폴린, 넌 쟤들이 무슨 말 하는지 알겠어?"

하지만 폴린이 알 리 없었다.

"아뇨, 모르겠는데요."

그런데 그때, 이안의 눈앞에 돌연 퀘스트 알림창이 떠올랐다.

띠링-.

셀라무스 부족의 시험(히든, 연계 퀘스트)

고대 중부 대륙에는 수많은 중립 부족들이 존재했다.
그중에서도 순위권의 강력한 세력을 이루고 있던 부족인 셀라무스는 임모탈의 저주에 물든 거신족과 맞서 싸우다가 멸족하게 되었고, 그 유지만이 지하의 제단을 통해 남게 되었다.
셀라무스 부족의 수호자인 이클립스는, 당신에게서 셀라무스의 영광과 소환술사의 영광을 되찾아 줄 가능성을 발견했다.
그는 당신을 시험하고자 한다.
그의 시험을 모두 통과하면 중부 대륙의 모래 속에 사장된 셀라무스 부족의 능력을 얻을 수 있을 것이다.

퀘스트 난이도 : SS

퀘스트 조건
중부 대륙에서 일정치 이상의 전공 포인트를 얻은 소환술사 유저

제한 시간 : 없음

보상 : 셀라무스의 비전이 담긴 스킬 북(랜덤)
정령왕의 심판 아이템(무기류 중 랜덤)

퀘스트창을 꼼꼼히 읽어 내려가는 이안.

하지만 사실 맨 윗줄에 떠 있는 히든, 연계 퀘스트라는 부분만으로도 이안의 마음은 이미 결정되어 있었다.

'보상도 저것만 읽어서는 뭔지 알 수 없지만, 분명 엄청나게 좋은 거겠지?'

이클립스가 이안을 향해 천천히 입을 열었다.

─동부 대륙에서 온 소환술사여. 셀라무스의 시험에 응하겠는가?

적응하기 힘들 정도로, 지금까지와는 판이한 무게 있는 목소리와 말투였다.

이안은 곧바로 고개를 끄덕이며 대답했다.

"음, 한번 해 보죠, 뭐."

"아오 씨, 대체 어떻게 해야 그 괴물 녀석을 이길 수 있을까?"

카이자르에게 호언장담을 하고 파이로 영지 바깥으로 뛰쳐나온 훈이는 근방의 던전들을 돌며 열심히 사냥하고 있었다.

'하지만 이래서는 레벨 하나도 올리기 힘들겠는데……. 이안 놈이랑 같이 공성전 하면서 먹었던 경험치가 정말 꿀이었어.'

바로 어제.

훈이는 카이자르가 가진 홀드림의 왕관에 담겨 있던 어둠의 기운을 목패에 전부 담아 내는 데 성공했다.

그리고 자유를 얻기 위해 카이자르에게 도전했던 것이었다.

하지만 결과는 입에 담기조차 민망할 정도의 압도적인 패배였다.

훈이는 비장의 한 수로 남겨 뒀던 명성 10만을 이용한 강제 계약 파기를 시도해 봤지만, 그게 될 리가 없었다.

애초에 명성 10만과 함께 주종 계약이 파기되는 건, 카이자르의 쪽에서 원할 때만 가능한 것이었기 때문이다.

옆에 있던 발람이 훈이를 향해 말했다.

-방법은 임모탈 님의 권능을 온전히 얻는 것뿐이다, 훈이. 일반적인 방법으로는 카이자르를 절대로 이길 수 없다.

발람의 말에 훈이는 고개를 끄덕였다.

하지만 그렇다고 당장 임모탈 퀘스트를 진행할 수 있는 건 아니었다.

카이자르가 준 사흘로는 임모탈 퀘스트를 해결하는 데 턱도 없이 부족했으니까.

그렇기 때문에 이렇게 사냥이라도 마구잡이로 하고 있었던 것이었다.

"파이로 영지가 안정되고 나면, 이안 놈을 꼬여서 같이 임모탈 퀘스트를 하자고 해야겠어."

발람이 고개를 주억거리며 동의했다.

–그래, 그거 좋은 생각이군. 이안 영주가 돕는다면 퀘스트를 성공시키는 것도 더 수월해질 것이다.

"근데 그 못된 이안 놈이 도와주려나……."

그런데 그때, 발람과 대화하며 구시렁거리던 훈이의 시야에 한 남자가 들어왔다.

130레벨 정도 되어 보이는 샌드 스콜피온과 고군분투를 벌이고 있는 한 마리의 레드 드레이크와 소환술사.

흥미가 동한 훈이가 그를 향해 천천히 다가갔다.

"쟤는 뭐하는 놈일까? 100레벨짜리 소환술사가 대체 왜 중부 대륙 한복판에서 저러고 있는 거지?"

멀리서 대충 보아도 엉성한 컨트롤과 전투 능력이었다.

물론 최근 들어 소환술사라고는 이안만 계속 눈앞에서 보아온 만큼, 훈이의 눈이 높아지기는 했다.

하지만 눈앞의 소환술사가 이상한 것 또한 틀림없는 사실이었다.

발람이 고개를 갸웃했다.

–글쎄……. 그나저나 저 드레이크는 이안 영주가 가진 드레이크와 비슷하게 생겼군. 덩치는 좀 작지만 말이지.

한편, 두 사람이 구경 중인 의문의 남자는, 다름 아닌 카노엘 이었다.

"용용아, 꼬리부터 공격해야 할 것 같아!"

크르릉–!

"내가 앞에서 공격을 잘 막아 볼게!"

그는 훈이가 바로 뒤까지 다가오는 것조차 모를 정도로, 혼신을 다해 거대 전갈과 사투를 벌이고 있었다.

그런데 잠시 후, 뭔가를 발견한 훈이의 눈이 휘둥그레졌다.

"저, 저건!"

발람이 의아한 표정으로 물었다.

-왜 그러는가, 훈이?

"발람, 혹시 저 벨트 보여?"

그에 발람의 시선이 카노엘이 장비하고 있는 벨트를 향해 움직였다.

-……!

"맞지? 저거 어둠 군주의 맹약이야, 분명!"

어둠 군주의 맹약은 훈이가 진행해야 할 임모탈 퀘스트에서 반드시 필요한 아이템이었다.

'흑마법사도 아닌 놈이 대체 왜 저걸 장비하고 있는지는 모르겠지만…….'

훈이는 망설임 없이 등에 메고 있던 지팡이를 빼어 들며 스콜피온을 향해 달려들었다.

그에 당황한 발람이 놀라서 물었다.

-왜 그러는가, 훈이!

훈이는 흑마법을 캐스팅하며 소리쳤다.

"일단 저놈부터 살려 놓고 물어봐야 할 거 아니야!"

Taming Master
테이밍마스터

우우웅―

쿠쿵― 그그궁―!

낮은 공명음, 그리고 커다란 마찰음과 함께, 공터 뒤쪽의 바윗덩이가 양쪽으로 움직이며 하나의 새로운 공간이 모습을 드러냈다.

이클립스는 천천히 걸음을 옮겨 그 안으로 들어갔다.

―이쪽으로 들어오시게, 이안.

"그러죠."

별생각 없이 이클립스를 따라 들어가던 이안은 잠시 후 당황할 수밖에 없었다.

띠링―.

알림음과 함께, 정말 생각지도 못했던 시스템 메시지가 떠올랐던 것이다.

―셀라무스 시험의 관문 첫 번째 영역에 입장하셨습니다.

―소환수를 부릴 수 없는 공간입니다.

―소환된 모든 소환수들이 아공간으로 역소환됩니다.

―모든 장비의 능력치가 무력화됩니다.

―보유 중인 스킬이 모두 봉인됩니다.

―셀라무스 시험의 관문에서는 관문 내에서 주어진 장비와 스킬만을 사용할 수 있습니다.

그야말로 손발을 전부 꽁꽁 묶는 무지막지한 패널티였다.

다른 부분은 그렇다고 쳐도, 소환수를 소환할 수 없는 패널티는 이안에게 너무도 치명적이었다.

'아니, 소환술사가 소환수 없이 뭘 하라는 거야?'

이안은 당황한 표정으로 이클립스를 응시했다.

"이게…… 뭔가요?"

많은 의미가 담긴 이안의 물음에, 이클립스는 피식 웃으며 대답했다.

—뭐긴. 방금 확인한 그대로일세. 우리 셀라무스 부족은 어떤 장비나 소환수의 도움 없이도 어려운 난관을 헤쳐 나갈 줄 알아야 진정한 전사로 인정하지.

"그게 무슨……."

어안이 벙벙한 표정으로 스킬 창과 아이템 창을 열어 본 이안은 한숨을 푹 내쉴 수밖에 없었다.

모든 스킬들은 전부 봉인되어 있었으며, 아이템들의 능력치는 전부 0으로 치환되어 있었다.

이클립스가 입을 열었다.

"아니, 다른 건 그렇다 쳐도, 소환술사가 소환수 없이 뭘 하라는 겁니까?"

이클립스가 씨익 웃으며 말을 이었다.

—그건 자네의 능력에 달린 거지. 참고로 나 또한 소환술사이지만, 이 모든 패널티를 안고 시험관을 전부 통과했다네.

말을 마친 이클립스는 공간의 뒤편으로 걸어 나갔다.

이안은 욕지거리가 튀어나오려는 것을 겨우 참으며 화를 삭였다.

'아니, 너 님이야 개발사에서 만든 NPC니까 그게 가능했 겠지!'

그리고 그가 나가자마자 이안이 서 있는 자리를 중심으로 지름 20미터 정도 되는 공간에 푸른 막이 생겨났다.

'그리퍼를 만날 때 뚫었었던 차원의 마탑이랑 비슷한 방식 인가?'

완전히 맨몸이나 다름없는 상태가 된 이안은, 조금씩 긴장 을 풀고 곧 등장할 적을 상대할 준비를 하기 시작했다.

그런데 그때, 또 하나의 시스템 메시지가 떠올랐다.

-이번 관문에서 사용할 무기를 하나 선택할 수 있습니다.

이 당황스러운 공간에 들어오고 나서 본 메시지 중, 처음 으로 나타난 긍정적인 메시지였다.

하지만 다음 순간, 밝아졌던 이안의 표정은 다시금 구겨질 수밖에 없었다.

-상자 안에는 각각 다른 종류의 무기가 들어 있으며, 선택하기 전까 지는 내용물을 알 수 없습니다.

메시지와 함께 이안의 앞에는 5개의 검은 상자가 나타났다.

'뭐 이렇게 불친절한 시스템이 다 있어?'

속에서는 천불이 났지만 달리 방법이 없었기에, 이안은 천천히 상자를 향해 손을 가져갔다.

─이 상자를 선택하시겠습니까?

세 번째 상자에 손을 댄 이안은 잠시 머뭇거렸다.

'그래, 뭐, 어차피 완전 랜덤이니까. 그래도 활이나 매직 완드 같은 걸로 나왔으면 좋겠는데.'

잠깐의 고민을 끝낸 이안이 고개를 끄덕였다.

"그래, 이걸로 한다."

─무기 선택을 완료하셨습니다.

메시지와 함께 무기가 허공에 두둥실 떠올랐다.

하지만 아쉽게도, 그것은 이안이 원했던 종류의 무기가 아니었다.

'이게 뭐야? 대검?'

헬라임의 대검에 비견될 정도로 거대한 묵빛 대검이 이안의 눈앞에 나타난 것이다.

이안이 대검의 손잡이를 잡자, 다시금 메시지가 떠올랐다.

─'정령왕의 심판검' 무기를 선택하셨습니다.

그리고 메시지와 함께 시커먼 색을 띄고 있던 대검에 새하얀 광채가 스며들며 눈부신 그 자태가 드러났다.

이안은 저도 모르게 헛바람을 집어 삼켰다.

"헛!"

대검의 외형이 너무도 아름다웠기 때문이었다.

새하얀 검신에 황금빛으로 수놓아진 문양은 무척이나 고

급스러운 분위기를 풍기고 있었다.

이안은 본능적으로 아이템의 정보를 확인해 보았지만 실망할 수밖에 없었다.

모든 옵션이 봉인되어 있었기 때문이었다.

그나마 다행인 것은 무기 공격력은 남아 있었다는 점이었다.

'무슨 대검 공격력이 1,500이나 돼? 미쳤네. 최소 전설 등급 아이템이겠어.'

그리고 이안이 이런저런 생각을 하는 사이, 이안의 옆에 이클립스의 환영이 나타났다.

–대검을 선택했군. 비리비리해 보이는 몸으로 심판검을 제대로 사용할 수 있을지는 모르겠지만, 건투를 비네.

이안이 이클립스를 향해 시선을 돌리며 물었다.

"이제 뭘 해야 하는 건데요?"

이클립스의 말이 이어졌다.

그리고 그의 설명은 제법 길었다.

–우리 셀라무스 부족의 전사는 전투 능력에 따라 총 다섯 단계로 등급이 나뉜다. 가장 낮은 등급이 D등급이며, C, B, A, S 순으로 등급이 나뉘게 되지.

잠시 뜸을 들인 그가 말을 이었다.

–지금부터 자네와 완전 같은 조건을 가진 가상의 셀라무스 전사가 상대로 등장할 것이네. D등급부터 차례로 한 단계씩 높은 등급의 전사

가 등장할 거야.

이안이 질문했다.

"저와 완전 같은 등급이라면, 전투 능력치도요?"

이클립스가 고개를 끄덕였다.

─모든 능력치가 자네와 같게 설정된 셀라무스의 전사가 등장하게 된다.

이안은 속으로 안도의 한숨을 쉬고 있었다.

'능력치가 완전히 같다면, 뭐가 나오든 다 씹어 먹어 주도록 하지.'

가상 현실 내에서 컨트롤 하나만큼은 어느 누구에게도 뒤쳐진다는 생각을 해 본 적이 없던 이안이었기에 가질 수 있는 자신감이었다.

"그렇군요. 계속 설명해 주세요."

이클립스가 다시 입을 열었다.

─자네가 어느 등급의 전사까지 이길 수 있을지는 모르겠네만, 자네가 이기는 데 성공한 등급이 자네의 등급으로 책정되며 그 후 관문은 그 등급에 맞게 난이도가 조정될 것이네.

"아하."

이안은 마음 속 깊은 곳으로부터 승부욕이 끓어오르는 것을 느꼈다.

'내가 S등급이 아니면 누가 S등급을 받겠어?'

사용해 본 적 조차 별로 없는 대검을 골랐다는 패널티는 이미 안중에도 없었다.

단지 겪어 보지 못했던 새로운 전투 조건에 흥미가 동할 뿐이었다.

'뭐, 대검도 다른 가상현실 게임에서는 많이 사용해 봤으니까.'

이클립스의 말이 다시 이어졌다.

─일단 다음 관문에 대한 설명은 자네의 등급이 매겨진 뒤에 이어 하도록 하지.

"알겠습니다."

자신 있어 보이는 이안의 표정에, 이클립스가 피식 웃으며 말했다.

─건투를 비네. 부디 카이자르의 안목이 나를 실망시키지 않았으면 좋겠군.

이안이 고개를 슬쩍 돌려보니, 대련장의 바깥쪽에서 흥미로워하는 표정으로 이안을 보고 있는 카이자르가 보였다.

'낮은 등급도 통과 못 하면 카이자르가 지금보다 더 개무시하겠지?'

반대로 S등급이라도 얻어 내면 카이자르의 태도가 조금은 달라질지도 모른다는 생각을 하자, 이안은 더욱 의지가 불타올랐다.

─시작하도록 하지.

이클립스의 환영이 사라지며 그 자리에 서서히 푸른빛이

나타났다.

그리고 그 빛은 이내 형태를 갖추며 건장한 성인 남성의 모습이 되었다.

그는, 이안과 같은 무기를 들고 있었다.

'저놈을 이기면 되는 거지?'

이안은 입꼬리를 슬쩍 말아 올리며 대검을 고쳐 쥐었다.

그리고 다음 순간 쏜살같이 앞을 향해 튀어 나갔다.

'선빵필승이지.'

대검은 묵직한 무게 때문에 양손을 사용하지 않고는 컨트롤이 불가능했다.

이안은 몸을 활처럼 휘며 오른쪽 어깨 뒤에서부터 뽑아 든 대검을 휘둘러 내리쳤다.

까앙-!

묵직한 쇳소리와 함께 두 자루의 대검이 부대꼈다.

셀라무스의 전사는 여유롭게 이안의 검을 막아 내며 반격을 시도했다.

'이럴 줄 알았지.'

대검을 이용한 공격은, 필연적으로 동작 하나하나가 클 수밖에 없다.

그래서 모든 공격을 신중히 하지 않으면 카운터에 당하기 쉽기 때문에 다루기 어려운 무기이기도 했다.

검을 들어 이안의 공격을 막아 낸 셀라무스 전사가 그대로 이안의 가슴을 향해 검극을 찔러 들어왔다.

까가가강—!

이안은 내리치던 검의 경로를 살짝 틀어 상대의 검을 밀어 내었다.

"흡!"

다음 순간, 이안은 짧은 기합성과 함께 허공으로 뛰어올 랐다.

밀려 내려간 대검을 바닥에 내리꽂으며 그 반동을 이용해 도약한 이안은 여유 있게 검을 피해 내었고, 셀라무스 전사 의 뒤쪽으로 이동했다.

'이젠 내 차례지!'

반격에 이은 반격.

가볍게 착지한 이안은 자연스레 바닥에 누이듯 낮게 깔린 대검을 대각선으로 짧게 쳐올렸다.

촤르륵—!

빠르게 몸을 움직였지만 옆구리를 길게 베이고 만 셀라무 스 전사는 인상을 찌푸리며 다시 자세를 잡았다.

그리고 이안 또한 검을 다시 고쳐 쥐며 상대에게 집중하기 시작했다.

'생각보다 피해를 별로 못 입혔어. 내 능력치를 그대로 가 져가서 그런지 순발력이 제법 높아.'

모든 전투능력 중에 순발력이 가장 높은 이안.

그리고 그 스텟에 걸맞게 상대의 움직임은 무척이나 민첩했다.

저벅- 저벅-.

옆걸음으로 조금씩 움직이며 상대의 허점을 노리는 이안과 셀라무스 전사였다.

셀라무스 전사의 표정은 무표정한 반면, 이안은 무척이나 진지한 얼굴이었다.

다른 이점이나 불리함 없이, 오로지 컨트롤만으로 이렇게 대인 전투를 해 보는 것은 정말 오랜만이었기 때문이었다.

퀘스트의 성공 여부는 둘째 치고, 이 전투 자체가 무척이나 즐거운 이안이었다.

쉬이익-!

잠시 동안의 적막을 뚫고 셀라무스 전사의 검격이 날아들었다.

빠르게 반응한 이안의 양손이, 상대의 공격에 맞춰 이리저리 춤을 추기 시작했다.

깡- 까강- 깡-!

큰 동작 한 번 한 번이 무척이나 큰 리스크를 가져올 수 있다는 것을 알고 있는 둘은, 계속해서 짧고 간결한 공방을 주고받았다.

잠시 후 둔탁한 소리가 울려 퍼졌다.

퍽-!

빠르게 몸을 비틀어 제대로 된 공격은 피했지만, 검면에 한쪽 어깨를 가격당한 것이었다.

이안은 슬쩍 뒤로 물러났다.

'후, 확실히 너무 오랜만이라 그런지 어색하기는 하네.'

머리는 알고 있지만 몸이 조금씩 뒤늦게 반응하자, 이안은 속으로 투덜거렸다.

'무게 중심을 잘 이용해야 하는데, 밸런스가 자꾸 무너져.'

까강- 깡-!

계속해서 이어지는 공방전.

하지만 탐색전이 조금씩 길어지자, 이안은 슬슬 감을 찾기 시작했다.

'계속 잽만 날리면서 간을 본다 이거지?'

대검 활용의 정석적인 모션만을 계속 취하는 상대를 보며, 이안은 슬쩍 입꼬리를 말아 올렸다.

'넌 실수한 거야.'

수비적인 전투 성향을 가진 상대 덕에 이안은 비교적 손쉽게 감을 찾을 수 있었던 것이었다.

이안은 상대를 향해 손가락을 까딱거렸다.

"계속 그렇게 간만 볼 셈이야? 이제 슬슬 제대로 공격해 보지그래?"

감정이 없을 것이 분명한 가상의 상대였기에 딱히 도발이 먹힐 것이라고 생각지는 않았지만, 도발이 통하기라도 한 건지 상대가 달려들기 시작했다.

한 손으로 대검 손잡이를 잡고 바닥에 축 늘어뜨린 이안.

빨리 검을 고쳐 쥐어 막아 내지 않는다면 그대로 당할 것 같은 상황이었지만, 이안은 여유로웠다.

'조금 도박을 해 볼까?'

이안은 이마를 향해 쇄도하는 새하얀 검신을 향해 시선을 고정시킨 채 오히려 앞을 향해 몸을 날렸다.

"……!"

의외의 동작에 조금 놀랐는지 셀라무스 전사의 표정이 살짝 흔들렸지만, 그는 망설이지 않고 검을 내리그었다.

후우웅—!

하지만 그의 대검은 허공을 찢으며 공허한 소리만을 남길 수밖에 없었다.

"잘 가라, 인마!"

간발의 차로 떨어지는 대검을 피해 움직인 이안은 전력을 다해 대검을 횡으로 돌려 베었다.

후웅—!

이안은 양손으로 대검을 쥐고 있지도 않았다.

오른손으로 대검 손잡이를 쥔 채, 늘어뜨리고 있던 검을 있는 힘껏 휘돌려 친 것이었다.

그야말로 뒤가 없는, 공격이 실패하는 순간 그대로 모든 허점을 드러낼 수밖에 없는 위험한 공격이었다.

하지만 공격에 성공한다면 얘기는 달라진다.

쿠드득— 쾅!

이안이 든 대검이 그대로 셀라무스 전사의 등허리를 가격한 것이었다.

셀라무스 전사는 완전히 무방비 상태에서 크게 공격을 허용하고 말았다.

"커헉!"

들고 있던 검까지 놓치며 바닥에 내동댕이쳐진 그는 그 자세 그대로 축 늘어지고 말았다.

이안은 씨익 웃으며 검을 들어 상대를 겨누었다.

"대검은 바로 이 맛에 쓰는 거지."

동작이 커서 제대로 된 공격을 성공시키기는 쉽지 않았지만, 한번 큰 공격을 맞추기만 하면 어마어마한 대미지를 줄 수 있는 그런 무기가 바로 대검이다.

방금 이안이 성공시킨 정도의 공격이라면, 같은 능력치 대에서 일반적으로 입힐 수 있는 대미지의 열 배는 넘는 피해를 줄 수 있었다.

이안은 상대를 응시하며 중얼거렸다.

"이봐, 아직 생명력이 남아 있을 텐데 계속 누워 있을 거야?"

이안의 말이 끝남과 동시에 천천히 일어나는 셀라무스 전사.

하지만 곧 그는 희미한 빛이 되어 허공으로 사라졌고, 그 자리에는 이클립스의 환영이 다시 나타났다.

짝- 짝- 짝-.

박수를 치며 나타난 이클립스는, 흡족한 표정으로 입을 열었다.

–놀랍군. 생각보다 전투 감각이 뛰어나서 정말 놀랐어.

진심이 느껴지는 그의 칭찬에, 이안은 기분 좋은 표정으로 대답했다.

"후후, 대검이 정말 매력적인 무기이긴 하죠."

그 말에 이클립스는 함박웃음을 지으며 대답했다.

–오오, 자네. 뭔가 아는구먼. 그렇지, 대검이야말로 용맹한 전사의 상징이라고 할 수 있는 무기일세.

이안은 이클립스의 등에 걸려 있는 대검을 보며 속으로 웃었다.

'그러고 보니 저 아저씨 무기가 대검이었네.'

이클립스의 말이 이어졌다.

–검이 달리 만병지왕萬兵之王이라고 불리는 게 아니지. 검이야말로 모든 무기의 근본이 되는 병기이니까 말이야.

이안이 고개를 끄덕이며 대답했다.

"이클립스 말이 맞아요. 저도 동의합니다."

그리고 잠시 후, 이안의 손에 들려 있던 대검이 신기루처럼 허공으로 사라졌다.

그에 이안은 흥미로운 표정이 되어 물었다.

"오호, 매번 무기가 바뀌는 건가요?"

이클립스가 고개를 끄덕였다.

─그렇다네. 대검을 사용하지 못해서 아쉬운가?

이클립스는 이안이 주로 사용하던 무기가 대검이었을 것이라고 생각하고 있었다.

그도 그럴 것이, 이안이 대검을 사용하는 모습은 너무도 능숙했던 것이다.

하지만 이안은 전혀 아쉽지 않았다.

"아뇨, 오히려 재밌는데요."

이안의 자신감이 허세라고 생각한 이클립스가 실소를 지었다.

─과연 계속해서 그 자신감을 유지할 수 있나 지켜보겠네.

이클립스는 껄껄 웃으며 허공 속으로 사라졌고, 그 자리에는 또 다시 다섯 개의 검은색 상자가 나타났다.

그리고 그와 동시에 이안의 시야에 시스템 메시지가 떠올랐다.

─D등급의 셀라무스 전사를 성공적으로 제압하셨습니다.

─빠른 시간 안에 압도적으로 제압하는 데 성공하셨으므로, C랭크를 건너뜁니다.

"……?"

의외의 메시지에 이안의 두 눈이 살짝 커졌다.

메시지는 계속해서 이어졌다.

—전투에 사용할 무기를 골라 주십시오. 이전 전투에 사용되었던 무기는 제외됩니다.

이안은 속으로 구시렁거렸다.

'고르기는 무슨. 뭔지 보여 주지도 않으면서.'

하지만 다음 순간 이안은 놀랄 수밖에 없었다.

검은색 상자들이 희미해지며 그 자리에 각각 다른 종류의 무기들이 나타났기 때문이다.

to be continued

Taming Master
테이밍마스터

더페이서 현대 판타지 장편소설

두 번
사는
플레이어

죽기 위한 전투는 끝났다! 전소한 불나방의 두 번째 삶!
『두 번 사는 플레이어』

압사당한 아버지, 온몸이 찢긴 어머니
산 채로 잡아먹힌 여동생, 난자당한 연인까지
미친 듯 몬스터에 맞서다 전사한 정우가 돌아간 곳은 14년 전?

가혹한 운명에 맞선 자에게 온 보상! 포기란 없다!

몬스터 사체를 이용, 각종 무기로 무장한 뒤
플레이어를 모아 길드 창립해 헌터들의 꼭대기에 선 그는
모든 일의 원흉인 소행성을 막기 위한 전투에 돌입하는데……

**지키고 싶은, 지켜야 하는 이들의 앞에 선
가장 치명적인 병기의 화려한 전투가 시작된다!**

허원진 퓨전 판타지 장편소설

아빠는 그냥 강해

『우리 삼촌은 월드 스타』『형제의 축구』
믿보작 허원진의 신작!

우주선이 나타나고 세상이 망했다?
마지막으로 한 게임 속 능력을 부여받은 인간들
몬스터에 인간쓰레기 빌런까지 버무려진 엉망진창 세상!
그 속에서 24년 차 가장의 저력이 빛난다!

근데 내가 마지막으로 했던 게임이 뭐더라?

배× 고수 첫째
불만 쏘는 마법사 둘째
마×크래프트 블록 장인 셋째
프×즈 라이더 베스트 드라이버 넷째
그냥(?) 강한, 아빠 윤요한
환장의 게임 조합으로 위기를 헤쳐 나간다!

세상이 망해도 우리 가족은 내가 책임진다!
숨겨 왔던, 가장의 게임력이 폭발한다!

김신 신무협 장편소설

還生武神
환생무신